Partizanen

Een roman uit de Tweede Wereldoorlog

Richard G. Hole

Partizanen

Een roman uit de Tweede Wereldoorlog

1

Richard G. Hole

Tweede Wereldoorlog

KORTE INHOUD

Die ochtend maakten de kranten in Sofia officieel bekend dat Bulgarije het tripartiete pact had ondertekend. Koning Boris steunde, net als Hongarije en Roemenië, de troepen van de Anchluss, het fascistische rijk en het Japanse rijk.

De pers sprak ook over het geheime akkoord dat twintig dagen eerder was gesloten door de Duitse maarschalk von List en de generaals van het Bulgaarse leger, dat Hitlers troepen vrije doorgang door de Balkanlanden verleende in hun campagnes tegen Joegoslavië en Griekenland.

Zeshonderdtachtigduizend Duitse soldaten zullen Bulgarije doorkruisen ...

Partizanen is een verhaal dat deel uitmaakt van de Tweede Wereldoorlog-collectie, een reeks oorlogsromans ontwikkeld in de Tweede Wereldoorlog.

PARTIZANEN

VOORWOORD

De ochtend was schitterend. Geen windvlaag, geen enkele wolk ... boven de stad Sofia. De Bulgaarse hoofdstad had de afgelopen jaren, ondanks politieke gebeurtenissen, veel gemoderniseerd, maar nu nam het een serieuzere wending.

Van de ene kant van de stad naar de andere, in elke mond, in elk gebaar, werd de angstaanjagende geest, de oorlog, gesymboliseerd.

Moeders vroegen zich bij het strelen van hun kleintjes mentaal af: zal de oorlog hem doden? Toen de arbeiders een huis bouwden en hun werk met bewondering gadesloegen, mompelden ze berustend: zolang de oorlog het maar niet vernietigt. Ten slotte zeiden de schoolkinderen met het enthousiasme van onwetendheid: "Als de oorlog komt en wij soldaten zijn."

Niemand wilde oorlog, maar iedereen accepteerde het als onvermijdelijk.

En die ochtend, op een groot plein, voor koning Boris en verschillende vertegenwoordigers van Hitler en Mussolini, scheen de zon duizenden helmen, bewegingloos, wachtend op een bevel.

Het Bulgaarse leger was klaar voor de grote parade. Aan balkons en tribunes hingen grote spandoeken met witte, groene en rode strepen. Evenzo, als tekenen van vriendschap, werden hakenkruiskruisen, svastika's en fascistische symbolen hiermee vermengd.

Trompetten en trompetten klonken. De cavalerie die de parade leidde, trok verder. Levendige rossen vermengden het geluid van hun ritmische hoeven terwijl de trommels sloegen.

Daarna volgde de infanterie, de laarzen met spijkers, het metaalachtige geluid van die mannen, de stevige stap, begon de hoofden van de menigte te vullen met sombere gedachten.

1

Julian Nosdrev had een fles Mastika-likeur in zijn handen. Hij was een lange en robuuste jongen, met veel zwart haar, zeer witte en fijne gelaatstrekken, een kwaadaardige uitdrukking en een kleine baard, die zijn bohemien uiterlijk vervolledigden. Hij staarde naar zijn klasgenoten, allemaal studenten zoals hij.

Julián ontkurkte de fles en schonk voor elk van hen een glas in.

"Wie twijfelt er nog over wat we moeten doen? Worden we het speelgoed van Hitler? Laten we de Duitse instructeurs ons vertellen wat we moeten doen? We zijn een vrij volk geweest en we hebben in vrede geleefd. Nu zijn we van plan een bondgenoot te worden onszelf met die gek met de borstelsnor die zijn land zal leiden en degenen die hem willen volgen tot totale vernietiging. Je kunt niet de hele wereld bedreigen!

"Maar we moeten er niet omheen dat de mensen geneigd zijn tot de nazi's", betoogde een van de studenten.

Julian lachte.

"Het dorp? De mensen zeggen niets, de mensen zwijgen en blijven voorzichtig. Ze zullen oorlog voeren zonder protest, ze zullen sterven zonder protest, en ze zullen de geallieerden het met ruïnes bezaaide land laten bezetten.

En wat kunnen we doen? Onze inspanningen zouden tevergeefs blijken te zijn.

Nutteloos? Er zijn duizenden studenten, honderden influencers en anti-nazi's die onze plannen zouden steunen. Gelukkig is ons land bedekt met bergen, wat onze guerrilla-actie zal vergemakkelijken.

'En denk je dat we oorlog kunnen vermijden?

"Misschien. Er zijn twee manieren om dit te doen. Ten eerste, dat onze rebellie onder de mensen een sfeer van ontevredenheid jegens de heersers veroorzaakt en dat we, door dit in een volksopstand te veranderen, de verwijdering van de koning en de nietigverklaring van de verdragen met Hitler. De tweede, om een defaitistisch klimaat te zaaien onder de gelederen van het leger ...

"Op welke manier?

"Roep vrijwilligers op en zet vervolgens onze collega's aan om te deserteren.

'En jij zou dit heel goed kunnen, toch, Julian? Het zit in de familie ...

Degene die aldus had gesproken keek de jonge man uitdagend en vijandig aan. Het was Routschouck, een stevig persoon van Valak-afkomst, die het ongetwijfeld niet kon verdragen dat Julian Nosdrev, de zoon van een lafaard, het hoofd van de groep zou worden.

Julian klemde zijn kaken op elkaar en stond op. Ze bevonden zich in het gedeelte van een herberg, waar ze bij andere gelegenheden lange kaartspellen hadden gehouden en die nu vaak het toneel waren van hun politieke ontmoetingen.

'Je had dit niet mogen zeggen!

De jongeman brak de fles in twee stukken tegen de rand van de tafel. Toen hanteerde hij het als een geïmproviseerd wapen en probeerde hij dichter bij zijn rivaal te komen.

'Je gaat je woorden inslikken.

Routschuck verbleekte.

'Iedereen weet dat het waar is! Je vader was een lafaard!

De metgezellen vermeden die ontmoeting, die bloedig zou zijn geweest.

Nicolás Vidin, de beste vriend van Julián, kwam tussenbeide:

"We zijn het allemaal met je eens. Oorlog moet hoe dan ook worden vermeden. Routschouck is kinderachtig te werk gegaan. Houd geen rekening met hun woorden. Wij staan aan uw zijde.

Julian schudde de hand van de jongeman.

"Bedankt, Nicolás! Bereid alles voor morgen voor, volgens de ontvangen instructies ...

"Mee eens!

Toen ze uit elkaar gingen, dwaalde Julián door lange, donkere steegjes op weg naar het hostel, zich afvragend of hij zijn vriendin hierover iets moest vertellen.

Ze had het recht om het te weten!

Maar nee... Hij had gezworen het plan aan niemand te onthullen. Zelfs niet de persoon van wie hij het meest hield in de wereld.

Het leven en de vrijheid van andere ... mensen hing af van dat geheim.

* * *

Julian keek regelmatig op zijn horloge. Hij was erg nerveus en deed geen moeite om het te verbergen. Het terras van het café stond helemaal vol met mensen. Julian had een ietwat discrete tafel in de hoek uitgekozen en zijn gin-glas was al leeg. Ongeduldig herhaalde hij het drankje.

Lisa was te laat!

Midden op het terras zong een zigeuner met behulp van een accordeon patriottische liederen. Het waren oude hymnen, krijgsmarsen uit andere tijden, herinneringen aan het oude Bulgarije.

In de buurt van de zanger praatten en lachten enkele blonde mannen hardop. Ze maakten deel uit van de staf die de Ambassade van het III Reich vormde. Ze droegen allemaal hoeden en burgerkleding, maar droegen een kleine rode sjerp met de svastika op hun armen.

Ze hadden een fles "slivovitza" leeggedronken en de zigeuner uitgenodigd om hen met de accordeon te vergezellen, begonnen ze met een dikke stem aan de "Nach Paris".

Eindelijk, te midden van de stroom voorbijgangers, zag hij iets dat zijn zenuwen kalmeerde en verscheen er een glimlach op zijn gezicht.

Het beeld van een lang en elegant meisje verscheen voor de mannelijke ogen, en door wrede ironie van het lot leek het mooier en wenselijker dan ooit.

De jonge vrouw zag meteen haar vriend en met een vastberaden stap ging ze naar hun tafel. Toen hij de halfdronken Duitsers passeerde, hoorde hij terloops gefluit en gelach van bewondering.

Vreemde mensen van het noorden! Ze waren nergens blij mee en, wat nog erger was, ze voelden zich superieur aan die Oost-Europeanen.

'Hoe gaat het met je, Julian?

"Niet echt goed.

"Gips?

'Daar, op deze tafel, heb je het monster... Zijn ze aardig tegen je?

'Onverschillig. En jij?

"Ik haat ze.

Julian keek om zich heen. Het voelde ongemakkelijk. De dag ervoor hadden twee studenten geprobeerd de nazi-ambassade te saboteren met zelfgemaakte bommen. Een van hen was doodgeschoten door de gendarmes. De andere, ervan beschuldigd een anarchist te zijn, zou door een krijgsraad worden berecht.

De jongeman gebaarde naar zijn vriendin.

"Laten we vanaf hier gaan.

"Waarom? Wat gebeurt er met je?

"Ik voel me niet lekker...

Julian wierp nog een laatste blik op de 'nazi'-toeristen. Waar had Bulgarije hen voor te danken? Zou de hoofdstad uiteindelijk gewoon weer een speelgoed van de Wehrmacht worden? Hitler voorzag hen van ultramoderne "Mausers", Krupp-batterijen, "Panzer"-tanks ...

Het belangrijkste was om nog een Axis-satelliet te hebben.

Ze waren weggetrokken uit het stadscentrum.

Ze liepen langzaam, nadenkend en spraken nauwelijks met elkaar. Julian bleef de grimas van slechte humor tonen en probeerde zijn zenuwen in bedwang te houden.

"Wat gebeurt er met je?

"Ik maak me erg zorgen.

"Waarom?

"Mijn liefste... Het zal ons goed uitkomen om een tijdje uit elkaar te gaan...

'Wat zeg je? Ons scheiden?

Julian zuchtte.

"Ja.

"Waarom?

'Ik kan het je nu niet uitleggen.

Lisa staarde naar de man van wie ze hield.

"Vertel me... Betekent dit dat je niet meer van me houdt?

Iets in de jongeman verzekerde hem dat het een prachtige gelegenheid was om de zaak tot een schitterend einde te brengen. Ze zouden afscheid nemen zonder tranen en ze zou niet lijden voor zijn afwezigheid of angst voor haar leven. Was hij tot zo'n offer in staat? Zou hij zijn liefde kunnen opgeven? Misschien zou hij nooit meer terugkeren uit de bergen, en het had niets te maken met het behouden van een meisje dat niet aan vrijers ontbrak...

Julian voelde zich laf. Hoe kon hij tegen zichzelf liegen?

'Je weet heel goed dat ik van je hou, Lisa...

"Dan?

De jonge man, geconfronteerd met die volharding, achtervolgd door die schuine en expressieve ogen, bezweek in zijn stilzwijgen.

'Ik moet hier weg.

"Vertrekken? Waarheen?

"Naar de bergen.

"Ik snap het niet.

"Het is gemakkelijk te begrijpen. Onze Duitse vrienden willen ons meeslepen in chaos, in de bloedigste en meest absurde oorlog ooit.

'Denk je echt dat er oorlog zal komen? Hier?

"Ik ben er zeker van...

Nu liepen ze door de eenzame tuinen die zich uitstrekten voor de sierlijke gevel van een orthodoxe kerk. De grote massa, met zijn halfronde koepel, de kubusvormige kapitelen, de mozaïeken en muurschilderingen, gaven een indruk van grote pracht ... Ze gingen op een stenen bank zitten. Alles nodigde ons uit om in die heerlijke rust te blijven, een opmaat naar een drama.

En wat zal er gebeuren?

"Wie weet!

'Ik ben bang, Julian... Als je echt van me houdt, laten we dan allebei heel ver gaan, dit land uit... Naar Turkije...

'Wat zeg je? Denk je dat ik zo egoïstisch kan zijn? Ken je het verhaal van mijn vader niet?

"Jouw vader?

"Ja. Hij was een lafaard...

Een pauselijke priester passeerde het jonge paar en begroette beleefd met een gebaar. Hij was gewikkeld in een lang gewaad en droeg een stoffen mijter. Vriendelijkheid werd weerspiegeld op zijn gezicht. Dat deed Julian uitroepen.

Waarom staat God oorlogen toe?

"Ze zijn een straf. Zolang de mens bestaat, zal die er zijn.

"Je hebt gelijk.

Ze vielen stil. Julian begon zich het verhaal van zijn vader te herinneren. Hij had het zo vaak en in zo veel details gehoord...

2

Januari 1916. Volledige Europese oorlog. De troepen van de keizer, gedreven door een pan-Duits fanatisme en een dorst naar macht, zijn begonnen aan het gekke en absurde avontuur om de wereld te veroveren.

Bulgaarse oevers van de Donau, bijna verlaten met kale hellingen. Daar, niet ver van een klein dorp gebouwd met houten huizen, vindt een vreemde bijeenkomst plaats. Een groep ruiters van het Franse leger nadert de kust, waardoor de zwermen zwarte kraaien en grijze gieren evolueren, die zich angstig over het water bewegen.

Ongeveer 300 Albanese en Bulgaarse krijgers ontmoetten hen. De anderen waren in het dorp gebleven. De leiders van beide partijen vielen op de grond.

Sergio Nosdrev schudde de Franse officier de hand en ze hurkten allebei in Turkse stijl en staken sigaretten aan.

"Bulgaarse tabak! Nosdrev glimlachte. Van de beste kwaliteit!

"Blond als het haar van een Zweed en geurig als een Arabisch parfum. Uitstekend! Ik feliciteer jou!

"Nou. Laten we de complimenten achterwege laten en meteen ter zake komen...

Sergio Nosdrev zette zijn harige bontmuts af en krabde zich op zijn hoofd.

"Akkoord. Direct ter zake...

"Je weet, mijn beste vriend, dat de andere hoofden van "comitadji's" in dienst zijn van de Oostenrijkers en de Duitsers. Alleen mijn mannen, de partij van Sergio Nosdrev, blijven neutraal, zonder te hebben besloten aan welke kant hij zal vechten. Deze besluiteloosheid verhoogt de prijs van mij en mijn mensen. Mee eens?

De Franse kapitein knikte:

"Daar heb ik al over nagedacht.

De militair observeerde zijn gesprekspartner aandachtig. Hij was een plechtige en vuile man, met het profiel van een adelaar, een lange baard, een zijden tuniek met mouwen geborduurd in vervaagd goud en een strakke sjerp van felle kleuren, met dolken en pistolen in een waar arsenaal.

De Fransman droeg een prop bankbiljetten onder zijn tuniek.

Ze waren het snel eens!

Het waren bankbiljetten van de Bank of Greece. Sergius Nosdrev zou elke maand honderd zilveren drachmen ontvangen, plus een dagelijkse drachme voor elk van zijn mannen ...

'Dit alles in ruil voor het uitvoeren van een belangrijke missie tegen de troepen van de keizer.

'Ik zweer het u, ik zal mijn woord houden, mijnheer Kapitein.

"Ik vertrouw je. Als zijn missie zou mislukken, zouden duizenden geallieerde soldaten sterven. Engelsen, Canadezen, Fransen, Australiërs...

'Maak je geen zorgen en laten we tijd kopen. Wat zijn uw instructies?

De Fransman vouwde een kaart open.

"Hier is het dorp Valisi. De geallieerde vloot bereidt een offensief over zee voor en om deze reden hebben de Duitsers in genoemde stad Krupp-batterijen geland, drie kustkanonnen die in staat zijn om de beste van onze slagschepen tot zinken te brengen.

"En onze missie?

"Het zal bestaan uit het bestormen van het dorp. Er zijn slechts ongeveer tweehonderd mannen in Valisi, terwijl bouwwerkzaamheden worden voorbereid en ingenieurs strategische punten op de klif bestuderen. Het moet een gevecht zijn zonder kwartier.

'En de kanonnen?

"Ze zullen op de bodem van de zee belanden.

"Akkoord. We zullen proberen ...

"Alleen proberen is niet genoeg.

Nosdrev haalde zijn schouders op.

"Ik zal de eerste teleurgesteld zijn als we falen.

"Nog vragen?

De Bulgaar schudde zijn hoofd.

De mannen rukken op in het donker, langzaam, moe. Ze hebben de hele dag gefietst. Aan de rand van Valisi zie je de canvas tenten van het Duitse kamp.

Hier is het doel.

Geen kwartier!

Sergio Nosdrev droeg het geweer op zijn schouder. Langzaam richtte hij op de schildwacht. Het bestand was helder en deed zijn Pruisische helm glanzen, zijn silhouet scherp omlijnd.

Het kon niet mislukken.

Schieten.

De schildwacht viel levenloos.

Met angstaanjagend geschreeuw wierpen de guerrilla's zich op het kamp. De Duitsers, gevangen in hun kooien, hadden nauwelijks tijd om zich te verdedigen.

Men hoorde een komeet spelen om de Pruisische linies in het midden terug te trekken. Het geluid gevormd door geschreeuw, gejammer en geweerschoten werd hels.

Plots ging een machinegeweer in werking.

Sergio voelde een kogel langs zijn hoofd schaven.

Dat onverwachte gekletter, die kogelregen op zijn schouders maakte hem gek.

Er werden onmiddellijk twee andere machinegeweren gehoord.

Voor alle duivels!

De leider van de guerrilla's voelde zich geplaagd door angst.

"Laten we wegrennen! Terugtrekking!

En terwijl hij zijn wapens neergooide, rende hij weg. Het was een wilde ontsnapping die zijn ondergang zou zijn.

Een groep "comitadji's" volgde hem.

Paniek werd uitgelokt onder de hooglanders.

Meer guerrilla's sloegen op de vlucht. Het was een ketting.

Na de machinegeweren werden de mortieren gelanceerd. Twee of drie projectielen en de "comitadjis" werden gedecimeerd.

Dan de achtervolging.

Lange geweren uitgerust met bajonetten kwamen in het spel.

Oostenrijkse, Duitse, Hongaarse, Bulgaarse en Pruisische soldaten stortten zich op wraak.

De achtervolging was kort. Sergio Nosdrev werd geraakt door een bajonet in de maag. Haar tegenstander nagelde haar aan het gevest. Sergio slaakte een kreet van angst. Met wilde ogen dacht hij aan de zoon en de vrouw die hij daar op de Balkan achterliet.

De soldaat legde zijn rechterlaars tegen de borst van zijn slachtoffer en draaide de bajonet in de wond om deze te verwijderen.

Sergio werd levenloos achtergelaten, in de plas van zijn eigen bloed.

Het gevecht was voorbij.

Alleen Duitse stemmen waren te horen.

"Ergebt euch!

* * *

Julian bleef mediteren over het verhaal van zijn vader. Twintig jaar eerder had deze man de dood van zijn mannen veroorzaakt door te worden overvallen door angst. Zou hem hetzelfde overkomen? Zou jij de zwarte vlek uit je familie wissen?

De hele nacht kon hij niet slapen. Hij wachtte ongeduldig op nieuws van de andere partijdige groepen. Ideeën overvielen hem en hij was erg nerveus.

Hij herinnerde zich het interview met Lisa.

Het einde was koud geweest. Toen de jonge vrouw van Julians bedoelingen hoorde, was ze teleurgesteld.

'Ik wil geen held! "had gezegd". Ik wil gewoon een vriendje en later een man.

Het was zes uur in de ochtend. Julian sprong uit bed. Hij ging naar beneden naar de bar. De muren ervan waren beplakt met posters waarin om vrijwilligers werd gevraagd.

"Jij wil?

"Een whisky... Mag ik bellen?

"Natuurlijk.

Julian aarzelde voordat hij dat deed. Toen herinnerde hij zich het koude afscheid van zijn vriendin. Hij moest afscheid nemen en haar niet in twijfel laten.

Hij toetste een nummer in en wachtte.

"Ben jij Lisanne?

"Ja.

"Ik ben Julianus.

"Ah! Zullen we elkaar vandaag zien?

'Nee. Ik vertrek over een paar uur.

"Wanneer kom je terug?

'Ik weet het niet. Ik hou van je.

'Ik ook. Ik zal op je wachten.

Julian hing op en slaakte een diepe zucht.

Zijn leven zou van het ene op het andere moment veranderen. Hij zou ophouden de student te zijn om nog een oorlogsspeelgoed te worden. Vreselijke geest!

Even later liep Julian stevig langs een laan. Hij had de waarschuwing ontvangen, het juiste wachtwoord. Via zijn radio-ontvanger had de «spreker» van Radio Sofia gezegd:

"We begonnen onze uitzending met 'jazz'-muziek.

Toen keek hij op zijn horloge. Zes uur. Het was het wachtwoord... Vierentwintig uur na dat telefoontje moeten alle partizanen op hun bestemming zijn.

Bij het station hoorde hij een groot lawaai en keek naar de lucht. Een formatie van driemotorige Junkers vloog over de stad.

De oorlog naderde met grote sprongen.

Plotseling stopte hij om een hoek bij iets dat zijn aandacht trok.

In een elegante zwarte auto en begeleid door vier automobilisten van het Bulgaarse leger reisde een persoon met oosterse trekken: de ambassadeur van Japan.

Het was de laatste die ontbrak. Bulgarije was gebonden aan de as-landen.

3

De spoorlijn liep duizelingwekkend of zo leek het, vanwege het duivelse zwaaien en het dikke regengordijn dat tegen de ruiten sloeg.

Slecht weer!

Er was een grote crash en de auto's werden donker. Nu, voor Julians ogen, onder de schittering van de stralen, verschenen die plaatsen van het echte Bulgarije.

Op spookachtige wijze, onder de storm, volgden de dennen-, eiken- en beukenbossen. Dan de kale vlakte.

Comfortabel zittend bleef Julian mechanisch naar de ruit staren, maar zijn gedachte was ver weg.

Hoe zou je avontuur eindigen!

Zou ik in anonimiteit sterven? Zou jij je vrienden verraden? Zou hij als spion worden neergeschoten door een Duitse patrouille?

Wat had het lot voor hem in petto?

Hij rookte een sigaret, plakte aan zijn lippen en bleef bewegingloos. Afwezig keek hij naar de passagiers toen het licht weer aanging op het dak van het rijtuig.

De meeste waren boeren. Arme boeren, met een vrolijk en gastvrij karakter. Tarwe, fruit, wijn, tabak en zijde ontkiemden uit zijn moeizame handen ... Wat zou er van hen worden met de oorlog?

Verderop enkele "chotrari", vuil, haveloos en beladen met kinderen, die met hun gehuil dat beeld van menselijke armoede droeviger en ellendiger maakten.

Julian Nosdrev glimlachte.

"" Die "geven niets om oorlog. Wat kunnen ze van de wereld verwachten? Als vrede hen op deze manier behandelt, kan oorlog niet erger voor hen zijn ...

En de overige passagiers?

Joodse, Turkse, Tzigane, Roemeense emigranten ... Een bonte menigte buitenlanders ... Waar kwamen ze vandaan? Waar gingen ze heen?

Waren ze het land ontvlucht vanwege de oorlogsdreiging?

Het was de trein van de ellendige en de droevige.

Julian Nosdrev haalde zijn schouders op. En wat kon het hem schelen? Over twee uur zou hij zijn bestemming bereiken.

Het konvooi was gestopt.

Julian veegde het vocht van het glas.

Ze waren de stormachtige zone gepasseerd. Het regende niet meer.

Ik heb een station gezien. Op het platform boden enkele leveranciers hun producten aan. De reizigers voorzagen zichzelf van broodjes, warme koffie of sigaretten.

De trein begon weer.

Er waren net nog drie contrasterende passagiers in dat rijtuig ingestapt. Ze droegen het uniform van de 'kugatschewo'-cadetten en hun glanzende jassen met metalen knopen maakten een levendige indruk op de emigranten.

Waar zouden ze heen gaan?

Zeker naar de grens om als instructeur te dienen voor de nieuw aangekomen troepen om de garnizoenen aan de grens met Roemenië en Joegoslavië te versterken.

Julian ontdekte plotseling voor zich een man van een jaar of veertig, met grote snorren, die opmerkelijk veel op Stalin leek. Een canvas hoed verborg de scherpe blik van zijn pupillen.

De vreemdeling boog zich naar Julian toe en vroeg:

Ben je Bulgaars?

"Neem me niet kwalijk. Ik praat niet met vreemden.

De man glimlachte.

"Oh! Ja! Hij is Bulgaars ... Het is vreemd dat een man van zijn leeftijd geen soldaat is, vooral nu ze iedereen mobiliseren.

Julian probeerde een zekere sereniteit en onverschilligheid over te brengen.

"Bent u curator of iets dergelijks?

"Oh! Niet! God red me...

"Dan zul je herkennen dat je vraag wat indiscreet is.

"Zo is het. Om je gerust te stellen zal ik zeggen dat ik je idealen op grote schaal deel.

"Mijn idealen? Hoe kan ik daar zeker van zijn?

'Kom naar het wagenplatform. Daar kunnen we vrijuit spreken.

"Mee eens.

De lucht was erg koud buiten en Julian zette zijn bontmuts op zijn hoofd. Toen observeerde hij zijn gesprekspartner. Hij zag er joods uit.

"Nou, vriend..." zei dit met een lange glimlach. Nu kunnen we duidelijk praten. Ik weet wie je bent en wat je wilt. Ook ik ben een bittere vijand van de nazi's.

En wat wilde je me vertellen?

De vreemdeling haalde een kleine portemonnee uit zijn zakken.

"Binnen die portefeuille zijn er bepaalde codedocumenten die de handen van hun superieuren moeten bereiken. Ik ga ze aan u overhandigen, aangezien ik bij het volgende station moet uitstappen.

De man, met een vreemd buitenlands accent, overhandigde het leren pakje.

'Weet je zeker dat ik het ben aan wie je het moet geven?

"Helemaal. Zijn we het eens?

"Ja.

"Nu is het niet handig voor hen om ons samen te zien. Ik ga naar de andere auto en jij gaat terug naar je huis.

"Heel goed. Zullen we elkaar weer ontmoeten?

"Kan zijn.

"Dus vaarwel!

"Zie je later!

Julian Nosdrev keerde terug naar zijn huis en rookte een sigaret.

Het was dageraad. In het midden van een donker getint gras, bezaaid met kort riet, was het oppervlak van een kleine lagune. De duinen aan de rechterkant maakten plaats voor een groene vlakte en de spoorlijn ging over een rivierbrug.

Uren verstreken. Die reis was eindeloos. Ze hadden nu hun bestemming moeten bereiken, maar de motor was vertraagd. Er werd gevreesd dat de laatste stormen de rails hadden beschadigd en alle voorzorgsmaatregelen waren weinig op zulke desolate plekken.

Plotseling voelde Julian instinctief in zijn jaszak.

Hij verbleekte.

Angst maakte zich meester van de passagiers.

De koffer met documenten was verdwenen.

Hij probeerde het zich te herinneren.

Tien minuten daarvoor was hij naar de badkamer gegaan en in de gang van de auto was hij iemand tegen het lijf gelopen.

Een haveloze en smerige tzigane die een paar verontschuldigende woorden mompelde.

Voor alle duivels! Hoe hem te vinden?

Eindelijk stopte de trein. Julian keek uit het raam.

Het was een militaire post. Een wachthuis, verschillende paviljoens, een torentje en tussen de rotsen, op een heuvel, verschillende stukken artillerie.

Verbaasd zag Julian hoe verschillende mannen, soldaten gewapend met geweren, een officier volgden met een pistool in de hand en de wagen binnengingen.

De stilte was absoluut.

Julian bleef roerloos op zijn stoel zitten.

Een soldaat kwam naar hem toe.

"Staande!

Julianus gehoorzaamde. Het leger heeft hem zorgvuldig gefouilleerd. Toen ze zagen dat zijn zoektocht vruchteloos was, lieten ze hem weer gaan zitten.

Plots een stem:

"Sergeant! Dit is wat we zoeken!

Julian herkende de man die zijn portemonnee had gestolen.

De tzigane protesteerde luid in zijn vreemde taal.

Een soldaat hield de documenten vast.

Met de klap van de kolf nam de patrouille de jonge bohemien mee, die niet werd verwacht of de redenen voor zijn arrestatie uitlegde.

Julian zuchtte toen de trein weer startte.

Hij keek door het raam.

De jonge tzigane worstelde tussen zijn ontvoerders.

Plotseling meende hij iets te zien dat hem verbaasde.

De man was uit een van de paviljoens gekomen om hem de documenten te geven.

De trein versnelde.

Het was allemaal een val geweest om hem te vangen!

Julian Nosdrev wist te veel.

Toen hij zich realiseerde dat zijn plan was mislukt, telegrafeerde deze persoon, ongetwijfeld een pro-nazi-agent, naar het volgende station.

Ik was verdwaald!

Hij stond op en ging naar het wagenplatform.

De trein reed door een rotsachtig terrein, bevolkt door struiken en onvolgroeide struiken.

In een bocht remde de locomotief af.

Het was het moment.

Julian viel neer.

Toen hij de grond raakte en de helling afrolde, dacht hij dat hij het bewustzijn verloor.

Toen hij opstond, keek hij toe hoe de spoorlijn zich van die verlaten plaatsen verwijderde.

* * *

Julian geloofde in een droom toen hij opnieuw werd omringd door zijn universitaire metgezellen, die voortaan hun studies en studieboeken lieten vallen om stoere, opstandige partizanen te worden, gehate, gevreesde en gerespecteerde guerrillastrijders uit de onneembare Balkan.

Hij had twee dagen gereisd, met geen andere hulp dan een voorlopige kaart, die bergachtige streken, uitgeput door honger en vermoeidheid.

Hij werd als een automaat. Hij had de hoop verloren om de afgesproken plek te vinden...

Maar nu was hij bijna gelukkig. Glimlachen, vriendelijke gezichten en een goed bord bonen met varkensvlees. Wat kon ze zich nog meer wensen na die nachtmerrie?

Onbekende gezichten waren er ook in overvloed. Het kamp, gebouwd met hutten in Tataarse stijl van twee of drie meter hoog, gebouwd met dikke lellen die de muren en daken van riet en modder vormden, werd ook bewoond door buitenlandse boeren, de meeste van Servisch uitziende, die tot dan toe een partij hadden gevormd die toegewijd was aan te smokkelen.

De plaats was goed. Een hoogvlakte die verschillende valleien domineerde en werd beschermd door grote kliffen van granietrots. Vroeger woonden daar enkele nomadische herders die ook als gidsen in dienst van de guerrilla's waren gekomen. Het was aan hen te danken dat de hutten werden omringd door plantages van meloenen, pompoen, gierst en maïs, bijna exclusief voedsel voor die mensen.

Julian wierp een blik op de 'voorraad' wapens. De hut zat stampvol. Duitse Mauser-geweren, Tsjechoslowaakse geweren, machinegeweren, machinepistolen, Italiaanse en Russische handgranaten, explosieven en projectielen in hoeveelheid, en zelfs verschillende kleine veldmortieren.

Julián, na tot laat in de nacht geanimeerd met zijn vrienden te hebben gekletst, voor een vreugdevuur van distels, omdat brandhout daar schaars was, trok zich terug om te rusten.

De kamer was extreem klein. Een veldbed was bijna vol en zenuwen verhinderden dat de jongeman in slaap viel.

Buiten klonk een zwakke trompet met ritmisch gejammer, begeleid door de dreunende stemmen van verschillende guerrillastrijders. Het was de vurigheid van de oorlog, die aan de eerste schermutselingen voorafging.

Ze begonnen de eerste woorden van het Bulgaarse volkslied te zingen:

"Chumi marica okravena ...".

Bij het ochtendgloren, toen het eerste daglicht in de hoogte begon te vallen, bereikte Julian een vreemd gerucht.

Rusteloos sprong hij uit bed en ging naar het raam.

De lucht was helder.

De enorme zwermen patrijzen, de wolken van trapvogels, de lange rijen kraanvogels waren verborgen.

Vóór dat verre gemompel was de vlakte in diepe stilte.

Er was geen twijfel mogelijk.

Het was de knal van een kanon.

4

De mars door die bossen was lang en zwaar.

De groep vorderde langzaam.

De communicatie tussen de banden had volledige resultaten opgeleverd en zeven guerrillagroepen moesten elkaar ontmoeten op vijf kilometer van Boghasi, een klein stadje van groot agrarisch belang, dat het eerste doelwit van de rebellen zou worden voor de Bulgaarse betrekkingen met Berlijn.

Julian Nosdrev, een van zijn vertrouwde kameraden, liep achterdochtig door die plaatsen, klaar voor elke verrassing.

Nicolas Vidin keek hem glimlachend aan.

"Bezorgd, Julian?

"Ja.

"Waarom?

'Wat zijn we eigenlijk, Nicolas? verraders? Deserteurs? Patriotten? Antimilitaristen?

Vidin haalde zijn schouders op.

"We houden gewoon van Bulgarije. We vinden het niet leuk dat Hitler ons naar believen heeft... De regering wordt nazi en wij rebelleren in een poging dit te voorkomen.

'En denk je dat we onze doelen zullen bereiken?

"De geschiedenis zal het leren.

Nicolás Vidin had die zin zo plechtig uitgesproken dat Julian zich niet kon bedwingen en begon te lachen.

Toen had hij spijt van zijn lach.

De vijand, misschien verborgen in de bush, kon elk moment op hen springen.

De regering van Sofia had gezworen de opstand te beëindigen.

Het moest schoongemaakt worden!

Ze vorderden enkele uren gestaag en vasthoudend.

De Servische gidsen, in de voorhoede, hadden de bajonet in de punten van hun geweren doorboord en duwden met hun wapens de dikke takken weg, die vaak de paden versperden.

Toen de avond vorderde, bevonden de partizanen zich in het dikste deel van het bos, van enorme bomen, met stevige, hoge stammen die perfect loodrecht opstonden.

De vegetatie werd dikker en dikker. De vochtige grond, bedekt met grote struiken, belemmerde bijna de doorgang van mannen.

Julian liep naar een van de gidsen toe.

"Deze plekken zijn een perfecte camouflage voor onze vijanden. Denk je dat er hier in de buurt zijn?

"Misschien kennen ze onze bewegingen.

'Zullen ze ons aanvallen?

"Misschien verwachten ze dat we de overige partijen ontmoeten. Een beslag in beslag. Dat zou veel problemen voor ze oplossen.

"Zijn we nog ver van Boghasi?

"Kwestie van een paar uur.

"De mannen zijn uitgeput. Het is een eindeloze mars.

De Servische gids krabde aan zijn dikke snor en glimlachte:

"Het zal niet zo eindeloos lijken als je denkt dat elke kilometer die we vooruitgaan een extra stuk is dat ons dichter bij de dood brengt. Hoeveel van ons gaan terug naar de bergen?

Julians gezicht weerspiegelde angst en hij streelde de riem van het machinepistool dat over zijn schouder hing.

Ze bereikten het einde van het bos. Het dikke bladerdak dat hen met zijn takken tegen de verkenningsvliegtuigen had beschermd, bestond niet meer boven hun hoofden.

Nu was het een vlakte, een moerassige vlakte.

De grond werd steeds zachter en glibberiger.

Julian dacht dat als ze hen moesten aanvallen, deze vlakte een gemakkelijkere plek was voor een hinderlaag.

De voeten van de guerrilla's zonken tot aan hun enkels in de modder weg, wat hun mars langzamer en pijnlijker maakte.

Iedereen was stil.

Plotseling klonk in de onmetelijkheid van die plaatsen een scherp schot.

Een van de guerrillastrijders schreeuwde en viel op de grond.

"Iedereen op de grond!

De mannen vielen plat op hun gezicht in de modder.

Een nieuw schot.

Het projectiel siste boven Julians hoofd.

Die kogel was voor hem bedoeld.

'Vanwaar schieten ze?

'Daar, naar links.

Het was een rotsachtige heuvel, tussen riet en struiken. Hoeveel zouden het er zijn?

Welke wapens zouden ze hebben?

Nicolás Vidin observeerde die heuvel en besloot toen:

'Ik ga op ze jagen!

'Overweegt u een omweg te maken? vroeg Juliaan.

"Precies. Er is geen andere oplossing. Wie wil er met mij mee?

Vier mannen meldden zich aan.

"Vaarwel!

"Lucky!

Zonder ook maar een moment te verspillen kropen de vijf partizanen door de modder naar het nest van hun vijanden.

De anderen keken aandachtig toe terwijl de gedurfde metgezellen wegliepen. Ze bewogen met hun hoofd bijna dicht bij de grond. Ze leken op hagedissen.

Plots ontstond er een "spontaan".

Met een granaat in zijn hand wilde een nieuwe guerrilla zich bij de expeditie aansluiten en probeerde over de kloof te rennen die hem van de anderen scheidde.

Hij was ongeduldig om een held te zijn.

Arme misleid!

Deze keer was het een machinegeweergekletter.

Hij had amper een stap gezet.

Hij viel met uitgestrekte armen, een stuk staal tussen zijn hersenen.

Julian zuchtte.

Half begraven in de modder, leek deze man, bedekt met harige bontkleren, meer dan een man, een beer die door een zekere jager was gedood.

Nee. Dit was echter geen spel...

Het was oorlog.

Dood, sterf, plunder, haat, barst ...!

Julian stelde zich voor dat de vijf mannen ook niet zouden terugkeren.

De wind blies over de moerassige vlaktes, vrij, onbelemmerd op zijn pad, en zijn getoeter was als een lang gejammer.

De angst, het ongeduld, de angst van degenen die wachtten, namen toe naarmate de minuten verstreken. De angst groeide op hetzelfde moment dat de zenuwen opgewonden raakten.

Wat gebeurde er?

Alleen stilte omhulde nu alles.

Alleen de wind.

De minuten verstreken.

Julian keek op zijn horloge.

Er waren er meer dan twintig gepasseerd.

Er was een mogelijkheid dat er gevangenen waren gemaakt, maar het was vreemd dat dit het geval was als niet het minste geluid van gevechten was gehoord.

Nog vijf minuten.

Het ongeduld liep tegen zijn grenzen aan.

Wat zijn ze in godsnaam aan het doen?

Nu...!

De explosie van een handgranaat.

Dan een reeks schoten...

Een kolom zwarte rook steeg de ruimte in.

Wat is er gebeurd?

* * *

Die ochtend maakten de kranten in Sofia officieel bekend dat Bulgarije het tripartiete pact had ondertekend. Koning Boris steunde, net als Hongarije en Roemenië, de troepen van de Anchluss, het fascistische rijk en het Japanse rijk.

De pers sprak ook over het geheime akkoord dat twintig dagen eerder was gesloten door de Duitse maarschalk von List en de generaals van het Bulgaarse leger, dat Hitlers troepen vrije doorgang door de Balkanlanden verleende in hun campagnes tegen Joegoslavië en Griekenland.

Zeshonderdtachtigduizend Duitse soldaten zullen door Bulgarije trekken.

In ruil daarvoor zal de "Führer" Macedonië schenken aan koning Boris ... Een rechtvaardige en genereuze beloning! De Bulgaarse soldaten zouden deelname aan die oorlogsoperaties vermijden.

Goed nieuws voor anti-nazi-aanhangers in de Balkan!

Ze zouden niet tegen hun broers hoeven te vechten!

De 680.000 mannen van Von List zouden met hen overweg kunnen!

En terwijl de kranten van de hoofdstad hun straatverkopers pitchten, vond er een vreemd interview plaats in het zogenaamde Commissariaat van de Nationale Veiligheidsdienst.

Lisa bracht haar sigaret naar haar lippen en trok een dikke rookwolk naar binnen.

Toen keken zijn grote ogen nieuwsgierig naar de man die aan de andere kant van het logge bureau zat, waarop duizenden ongearchiveerde papieren waren afgewisseld. Klachten, mededelingen, informatie, anoniem ...

Hij was een volkomen kaal persoon, met een gladde en glanzende schedel als het oppervlak van een wereldbol. Zijn ogen waren blauw, klein en scherp. Ogen van arm ongedierte. Hij lachte lang...

'Je bent zo mooi, Lisa.

"Wees niet bang om me te verrassen met uw lof ...

Lisa, een onbekende Lisa, zat aan het eind van de tafel. De jonge vrouw droeg een elegante rode jurk met een gewaagde halslijn. De politieman keek vol bewondering en verlangen naar die figuur.

'Vind je het erg leuk, mijn vriend?

"Je weet dat het zo is. Ik heb het je vaak verteld.

Op dat moment klopte er iemand op de deur.

"Doe Maar!

Een lange, elegant geklede, jonge, zeer blonde man liep met grote passen naar de politieman toe.

"Goedemorgen, Herr Kommandant!

"Goedemorgen! Iets nieuws?

"Niets.

De politieman keek naar Lisa en gebaarde naar de nieuwkomer.

"Lisa! Dit is Otto Oberq, mijn medewerker uit Berlijn ...

"Ah! Behekst...

De serieuze kerel wierp een koude blik op het meisje en ging in een grote fauteuil zitten. De jonge vrouw zag het embleem op de revers van haar jas. Een cirkel met de svastika.

'Hoe bevalt u ons land, meneer Oberq?

De Duitser haalde zijn schouders op.

'Goede wijn, goede tabak en goede vrouwen... zoals jij.

'Het is heel aardig van je.

"Wij dienaren van de 'Führer' weten hoe dat moet. We moeten ons te allen tijde correct gedragen tegenover onze bondgenoten.

Lisa glimlachte. Zelfvoldane haan!

"Behoort u tot de « Ordnungspolizei »?

De Duitser knikte.

'Ik veronderstelde dat. En waarom hebben ze hem zojuist naar Bulgarije gestuurd?

De Bulgaarse politieagent, blijkbaar een commandant van de geheime dienst, onderbrak de jonge vrouw.

"Otto Oberq is aan onze taak gewend en helpt mij fantastisch. Hij heeft een perfecte staat van dienst.

'Dank u, Herr Kommandant... En over de rebellenzaken gesproken... Hebt u die agent gevonden?

De commandant fronste zijn wenkbrauwen.

'Je lijkt een beetje in de war, mijn beste Otto.

"Wat betekent het?

'Ik heb je net voorgesteld aan de agent die we nodig hebben.

"Juffrouw Lisa?

"Hetzelfde.

'Maar commandant... Een vrouw?

"Je bent verbaasd... misschien... Nee? Dit gebeurt omdat hij Lisa Borgsen niet kent zoals ik...

"Borgsen? Bent u geen Bulgaarse? Uw achternaam ...

De jonge vrouw pruilde gracieus om de veronderstellingen van de Duitser te ontkennen.

"Ik ben in deze stad geboren, maar mijn familie was buitenlands. Oostenrijks mijn vader en Russisch mijn moeder. Een vreemde mengelmoes. Ik denk dat deze twee races een grote invloed hebben op mijn karakter. Ik ben trots als jullie "vierkante hoofden" ... Oh! Wees niet beledigd... Het is maar een grap. Onafhankelijk, rusteloos, avontuurlijk en vooral hebzuchtig.

"En is het de eerste keer dat je hebt deelgenomen aan spionagezaken, zoals we je voorstellen?

Lisa lachte.

'Denkt u dat de commandant zich daaraan zou blootstellen?

"Dan?

"Ik heb voor de Italiaanse geheime dienst gewerkt. Een felle strijd tegen de Griekse agenten.

'Hoe lang was je bij hen?

"Twee jaar.

En hoe ben je van de honden van de Duce afgekomen?

"Het was niet moeilijk voor mij. Ik blijf de zaak van de As dienen.

De commandant kwam tussenbeide en probeerde uit te leggen:

"Lisa Borgsen kwam begin vorig jaar bij mijn afdeling. Er waren verdachte elementen in de Universiteit van Sofia, met name in de rechtenfaculteit. De politiek van de begindagen van de oorlog domineerde de hoofden van de studenten. Lisa is jong. Vijfentwintig jaar. Hij schreef zich in op de universiteit. We hadden een jongen in het dossier die demonstraties veroorzaakte tegen de pro-nazi-regering. Een zekere Julian Nosdrev... Lisa sloot vriendschap met hem. Ze zijn aan het daten geweest, maar hij kon nauwelijks informatie over de partijdige projecten van hem krijgen.

'En waarom hebben ze hem niet ondervraagd? Was er niets meer om hem tegen te houden?

"Onmogelijk. Dit zou de anderen op de vlucht hebben gedreven. Het is moeilijk om de studenten te bevechten. Ze zijn koppig, opstandig en verraden zichzelf nooit.

Otto Oberq glimlachte.

'En bent u zich bewust van uw missie, juffrouw Lisa? In de mond van de wolf gaan? In de bergen? Met de gekke en wilde partizanen? Altijd bespioneren? Er zal veel moed voor nodig zijn.

Lisa blies een wolkje rook uit.

"Ik heb het. Aarzel niet.

5

Een klein "störche" vliegtuig vloog laag over de uitgestrekte bossen. Het weer was goed en de vlucht was niet onaangenaam.

Lisa keek naar de piloot.

Vreemde gast! Hij was geen woord veranderd sinds hij het vliegveld had verlaten...

En dat? Immers, zelfs als ze zouden praten, zou deze persoon nog steeds een arme vreemdeling zijn.

Er was goed zicht en de jonge vrouw bekeek met gedetailleerde blikken de plek die zich onder de enorme groene strook bladeren uitstrekte.

Plots zoemde de motor luider. Er was iets mis. Hij ging een paar meter naar beneden, met geweld, in een sprong die vergelijkbaar was met die veroorzaakt door de effecten van een kuil.

De piloot domineerde het vliegtuig.

"Wat gebeurt er?

"Niets. Maak je geen zorgen.

"Nog een lange weg?

De piloot raadpleegde zijn navigatie-instrumenten.

"Slechts ongeveer vijf minuten.

"Wat gebeurde er met de motor?

"Ik weet het niet... Een mislukking... Deze apparaten hebben in de Franse campagne gezeten en nu lijden ze aan puur oud zijn.

De uitgestrekte vegetatie van een intens groen ging door.

Verderop stond een bergachtige barrière.

De Balkan!

"We zijn gearriveerd!

"Aangekomen? Waar is het vliegveld?

"Daar!

Er was een open plek in het bos.

Het vliegtuig cirkelde in verschillende cirkels om het "veld" en begon toen hoogte te verliezen, gas te geven, te vertragen en even later gleed het landingsgestel over vaste grond.

Het veld was van recente aanleg. Een van de vele militaire installaties met het oog op de oorlog. Het was gelegen op een buitengewoon weelderige locatie, die op slimme wijze wat jachtuitrusting camoufleerde.

Tussen het bos waren verschillende paviljoens verborgen.

Het vliegtuig stopte zijn opmars.

Twee Bulgaarse soldaten leidden Lisa naar de kazerne van de kampchef.

Daar zou hij de laatste instructies krijgen.

* * *

Julian hield zich stil. Dat deden de andere partizanen ook.

Na die explosie en meerdere schoten heerste er weer een ondraaglijke en walgelijke rust.

Wat is er gebeurd?

Nicolas Vidin en de vijf mannen kwamen niet terug.

Minuten verstreken.

Je moest ze gaan zoeken!

Ze waren het snel eens. Een teken van Julian was genoeg. Ze begonnen het pad van hun vermiste metgezellen te bewandelen.

Plotseling voelden ze voor hen het ritselen van takken.

Zou het de wind zijn geweest?

Ideeën kookten in Julians brein.

Ze stonden allemaal stil.

Nu hoorden ze duidelijk gesis en gedempte stemmen.

Wie waren dat in godsnaam?

Ze konden hun lichamen horen kruipen.

"Het moeten er niet veel zijn!

"Laten we het afwachten!

De partizanen bleven oprukken.

Weer stilte.

Plots zagen ze op zo'n vijftig meter afstand de hoeven van verschillende mannen bewegen...

Zonder een moment te wachten, riep Julian:

"Voor hen!

Toen ze dat hoorden, keerden de soldaten zich verbaasd en bewogen door de lente van hun zenuwen om.

Het was het eerste contact.

De verbazing van de onverwachte verschijningen werd weerspiegeld in de ogen van de militairen.

Daar, voor hen, waren geen mannen met harten en gevoelens, maar machines, robots gemaakt om te doden.

Een van hen volgde zijn instinct en slaagde erin de trekker van zijn pistool over te halen.

De partizanen onthulden de replica van hun geweren en machinepistolen.

Beide groepen wierpen zich op de grond om zichzelf te beschermen en een enorme brand te veroorzaken.

Honderden projectielen kruisten met hun karakteristieke fluittonen en zochten het vlees van de mannen.

De partizanen hadden het voordeel van een verrassingsaanval verloren. Wat nu slechts een korte schermutseling had moeten zijn, veranderde in een bloedige strijd.

Verschillende guerrilla's vielen bewegingsloos in het moeras.

Julian merkte ze op.

Ze zagen eruit als natte, onbeweeglijke, zware zakken meel ...

'Kun je me op de zaken vooruit laten lopen? Misschien met een granaat...

Julian keek naar degene die met hem had gesproken.

Het was een jongen die, ondanks zijn ruige kleren en wollen kepi's, zijn ietwat kinderlijke gezicht liet zien.

"Hoe oud ben je?

"Zeventien...

"En wat doe jij hier?

'Dat zijn mijn zaken. Wil je me eruit laten?

"Niet. Echt niet...

"Waarom?

'Ze blazen je hoofd eraf zodra je naar buiten kijkt.

De geweren hielden niet op met vuren, maar beetje bij beetje, na een paar minuten, nam het zware vuur af ... vooral aan de kant van de soldaten.

"Wat gebeurt er met deze?

"Ze reageren nauwelijks op onze schoten.

'Zullen ze zonder munitie komen te zitten?

Er gingen een paar minuten voorbij.

De vijand was gestopt met vuren.

Ze wachtten enkele ogenblikken.

Toen benaderde Julian de jongen die eerder toestemming had gevraagd om uit te gaan...

"Ga je gang jongen! Nu is het moment!

Wat als die stilte een val is?

'We zullen je bedekken met ons vuur. We laten ze niet hun neus laten zien.

"Mag ik een granaat lenen?

"Ja.

Julian gaf een handbom aan zijn kameraad.

"Ben je besloten?

"Ik ga daar heen!

De jonge man verliet zijn kameraden en sprong door de plassen vooruit met zijn lichaam naar voren gebogen.

Terwijl hij op weg was naar de rotsachtige heuvel, begonnen de partizanen woedend te schieten. Honderden kogels, kogels van projectielen stortten in de rots.

"Stop het vuur!

De jonge man klom tussen de rotsen.

Met een laatste poging, granaat in de hand, sprong hij op en klauterde hoog op, op zoek naar zijn vijanden.

Iedereen kon het perfect zien.

Hij keek rond.

Toen gebaarde hij zijn metgezellen dichterbij te komen.

Julian stapte naar voren. Hij bereikte de heuvel.

Zijn aanhangers volgden hem.

"Wat is er, jongen?

"Ze zijn er niet! Niemand!

"Wat?

"Ze vertrokken.

De partizanen konden inderdaad verifiëren dat de soldaten waren vertrokken.

'Ze zijn gevlucht!

'Zijn we ze aan het achtervolgen?

"Niet! Kijk daar!

Tussen de rotsen, de lijken van zijn kameraden ...

Nicolaas! Nicolás Vidin vreselijk verminkt door de explosie van een granaat ...

Julian herkende hem van wat er nog over was van zijn kleren.

Hoe zijn gezicht te identificeren, veranderd in een bloedvlek?

De anderen hadden kogels op hun borst...

Na de slachtoffers van die aanval te hebben begraven, zetten de partizanen hun mars voort.

Een half uur later doemde een veelvoud aan dreigende silhouetten op in de zonsonderganglichten.

"Voorzichtig!

De partizanen maakten hun wapens gereed.

"Wie is daar?

'Dus ik zeg! Een stem antwoordde.

Een van Julians mannen liet zijn geweer weer zakken.

"Ze zijn een van ons! We zijn gearriveerd!

Een zucht van verlichting ging door de keel van elke partizaan.

* * *

De hele nacht was er veel activiteit om de partizanen voor te bereiden om Boghasi binnen te trekken. Over het algemeen dacht men dat het gewoon een wandeling zou zijn; maar de informanten toonden aan dat het een vergissing was.

De Duitsers waren erbij!

Een van de eerste expedities van maarschalk von List was in de stad aangekomen om in te slaan.

Ze moeten worden aangevallen in de kloof.

Ja. Dat was het beste idee.

Julian Nosdrev en de andere partijdige leiders hadden zich verzameld rond een nieuwkomer uit Boghasi, die als hun verbindingsman diende en nazi-bewegingen bespioneerde.

Hij vouwde een kaart open en legde die bij het licht van een olielamp...

"We gaan de bewegingen bestuderen die de Duitse troepen op de Balkan gaan volgen ...

Hij nam een potlood.

"De troepen van Von List zullen het zuidwestelijke deel van Bulgarije bezetten, langs de Joegoslavische en Griekse grens, tot aan de Maritza-rivier en de Turkse grens. Van daaruit zullen de nazi's naar de Ionische eilanden, Thessaloniki, Athene en Skopje springen.

'En naar het noorden? vroeg Juliaan.

"Roemenië is een onvoorwaardelijke bondgenoot! Generaal Von Kleist zal vanaf de Donau bezetten om aansluiting te vinden bij de troepen van Von List langs de Joegoslavische grens. Van daaruit hebben ze een uitstekende springplank om over Belgrado en Sarajevo te springen, om aan te sluiten bij de Italianen uit Albanië.

"We moeten deze concentratie van troepen in ons land, deze bezetting van Bulgarije voorkomen", brulde een van de partijdige leiders.

En wat kunnen we doen? Amper tweeduizend man tegen de troepen van Von List!

Julian ging naar de link.

Welke nazi-troepen bereiden deze campagne voor?

"Dertien infanteriedivisies, zes pantserdivisies, zeven gemotoriseerde divisies, vierhonderd bommenwerpers, driehonderd jagers, tien Hongaarse regimenten ...

Julian legde een hand op zijn hoofd.

"Wij zijn gek!

Plotseling gooide een oorverdovende explosie hen over de grond. Toen de partijdige leiders uit hun tent kwamen, heerste er wanorde en paniek onder de guerrillastrijders.

Het sirene-achtige geluid van verschillende neerstortende "Stuka's" verscheurde hen uit hun verbazing.

"Lichaam tegen de grond!

Er vielen nog drie bommen op het kamp.

"Mannen vallen als vlooien!

Een helse regen van vuur en granaatscherven viel uit de lucht.

6

Tegen de schemering vertrek je naar Agaesti. Een vertrouwd persoon zal u begeleiden. Hij kent die plekken goed.

Lisa keek nieuwsgierig naar de volwassen man in een mooi uniform die haar de laatste instructies gaf.

"Agaest?

"Ja. Agaesti is een stad ten zuidoosten van Boghasi. Het is de plaats die de partizanen als hun hoofdkwartier hebben gekozen. De Joegoslavische regering, in oorlog tegen de As, stuurt Servische commando's om deze guerrilla's van Bulgaarse en Roemeense comifatji's te organiseren. verzamelen in Agaesti, omdat hun kamp bij Boghasi, de bevoorradingsbasis voor een sector van de Von List-troepen, wordt aangevallen door expedities van de Luftwaffe ... Volgens het laatste nieuws zijn de partizanen gedecimeerd en in hun blinde vlucht door de bossen, de verschillende bendes nemen het pad van Agaesti. Het zou voor ons niet moeilijk zijn om Agaesti door de lucht aan te vallen. Met de vliegtuigen van deze kleine basis zou het voldoende zijn, maar daar concentreren ze hun gewonden, en wat we zouden bereiken zou zijn om ze te verspreiden,

"Begrijpen.

"Weet u precies wat de aard is van de informatie die u aan het commando moet doorgeven?

'Inderdaad. Ik heb de instructies en de geheime sleutel.

"Geweldig! Nu moet je gaan rusten ...

"Hoe laat gaan we?

'Ik zal het haar laten weten. Hier zijn uw documenten. Van nu af aan bent u een Grieks staatsburger, door uw regering gestuurd om als tussenpersoon te dienen tussen Athene en de anti-nazi comitatji's. Mee eens?

"Perfect. Goed doordacht.

"Laten we proosten op het succes.

De agent overhandigde de jonge vrouw een glas sterke drank. Ze hebben het glas stukgeslagen.

"Voor je missie!

"Voor de overwinning!

De agent bleef alleen achter op zijn afdeling. Door het raam van zijn kantoor zag hij de jonge vrouw weglopen. Tussen de hoge bladeren verspreidde de zon zijn laatste stralen.

"Arme meid! Zo mooi om te sterven in de handen van de comitatji's van de Balkan.

* * *

Het geratel van de machinegeweren was te horen met hun onheilspellende gestotter. De stalen adelaars stopten hun aanvallen niet.

Verschillende mannen die geen tijd hadden gehad om te schuilen, bogen zich op hun buik.

Beschermd door enkele rotsen schoten de guerrilla's die de hoogste plaatsen hadden bereikt onophoudelijk op de "Stukas", die hun prooi niet in de steek lieten.

Zodra de vliegtuigen waren verdwenen en een golf van lijken achterlieten in hun tragische kielzog, verschenen de eerste Duitse helmen.

"Bescherm jezelf! Snel! De Duitse soldaten zijn er! Ze zullen proberen ons te omsingelen!

Maar niemand luisterde naar die waarschuwingen.

Elke groep vocht op zijn eigen manier, en degenen zonder kapitein waren in schandelijke terugtocht door het bos verspreid.

De golf van soldaten naderde.

Het geordende vuur van hun geweren brulde in continue salvo's die een kogelregen op de in een hinderlaag gelokte guerrilla's gooiden, volledig gedemoraliseerd.

De granaten vielen in grote hoeveelheden op het partizanenveld en richtten een enorme ravage aan.

"We gaan allemaal dood!

Een Motatji machinegeweer opende het vuur.

Een rij Duitse soldaten viel levenloos.

Ze waren in één keer weggevaagd!

Het antwoord was onmiddellijk.

Vanuit de stad werd een mortier afgeschoten.

Het projectiel siste door de lucht en viel in volledige partijdige linies. Het gejammer was hartverscheurend. Zeven gewonden, volledig verminkt, stervende, en de menselijke resten, verspreid, van nog vijf mannen.

Ze vielen hen van een afstand aan! Hoe konden ze zichzelf verdedigen en antwoorden?

Dat was het signaal voor de comitatji's om hun schuilplaatsen te verlaten en de Duitse soldaten aan te vallen, die hen met een waanzinnige, buitensporige woede teisterden, met die roekeloosheid van iemand die de meest wanhopige dwaasheden begaat om te overleven.

De strijd was bijna hand in hand.

Julian zag de bajonet van een geweer aankomen en slaagde erin om het te ontwijken, hoewel hij niet weg kon komen van de massa die het lichaam van de soldaat vormde. Hij duwde hem en schopte hem toen met zijn ijzeren laarzen, een schop die hem bijna bewusteloos maakte.

"Nog niet!

Julian had zijn hand opgestoken in een instinctieve poging om vergiffenis te smeken.

De soldaat hief het geweer met beide handen op en bereidde zich voor om hem te bajonetten. Een verdwaalde kogel verhinderde zijn actie. Het had zijn helm doorboord en zijn hersenen verpletterd.

De Duitser viel als een omgevallen boomstam.

Julian greep zijn geweer en vuurde waanzinnig en dwaas, nog steeds verblind door die trap in de onderbuik.

Voorzichtig wierp hij zich terug op de grond, vastgelijmd aan de grond.

Vlakbij ontplofte een handgranaat, waardoor een wolk zand omhoog kwam die hem half begraven achterliet.

Hij hoestte scherp. Hij was kortademig.

Hij kroop daar weg.

Een nazi-officier naderde met een pistool. Ik had het niet gezien. Een guerrillastrijder kruiste zijn pad, maar voordat hij kon schieten, had de nazi al een kogel in de buik van hem weggenomen.

Hij ging voorbij aan het dodelijk gewonde gejammer toen hij Julian ontdekte. Hij vuurde opnieuw zijn pistool af en de kogel schampte het hoofd van de partizaan.

Julian keek hulpeloos. Er gebeurde iets met zijn geweer. Tevergeefs haalde hij de trekker over en weer.

De nazi vuurde nog drie keer tevergeefs, en toen hij zag dat Julian niet antwoordde, kwam hij dichterbij om het schot niet te missen. Hij richtte opnieuw, maar de jonge man, die een luide kreet slaakte, sprong op hem en vulde zijn ogen met aarde. Hij vuurde willekeurig, maar Julian had zijn borst al bereikt met de bajonet.

De mortel bleef slachtoffers onder de comitatji's veroorzaken.

"Intrekking!

Alleen de vertegenwoordigers van twee groepen, die van Julian en een andere, bestaande uit Servische guerrillastrijders, waren nog aan het vechten.

Julian herhaalde zijn kreet:

"Terugtrekking! Naar de bossen allemaal!

En hij rende.

De strijd was voorbij.

De helft van de guerrilla's lag levenloos.

* * *

Het voertuig raasde over de stoffige weg. De nacht was gevallen in het bos en de motor spinde ondraaglijk.

De jeep kraakte en leek in stukken te moeten springen; zo was de staat van de weg. Diepe kuilen en scherpe bochten.

De chauffeur was stil.

Na een uur rijden stopte de chauffeur de auto en gaf aan:

"De rest is te voet.

"Mee eens.

Ze liepen een pad af, tussen de bomen door. Droge takken kraakten onder de voeten en de duisternis was bijna compleet.

De soldaat had in de voorhoede gestaan en hield lange afstand het stilzwijgen, toen hij uitriep:

"We zijn al op partijgebied!

Toen ze een open plek in het bos bereikten, ontmoetten ze elkaar.

"Mijn missie eindigt hier. Hij verliet haar.

"Mee eens.

"Ga in die richting. Aan het einde vind je een hut. Er is er een van ons die je zal vertellen wat je moet doen.

"Zeer goed.

"Vaarwel Succes!

Lisa bleef alleen achter. Dat immense bos begon hem angst in te boezemen. Hij versnelde zijn pas. De nachtvogels lieten hun droevige lied horen en om haar heen slopen en volgden duizend geluiden.

Hij was bang.

Nog één keer strekken en hij had zijn angst bijna de baas.

Eindelijk zag hij de hut.

In het donker, vlakbij het huis, hoorde hij een stem.

"Ben jij de Griek?

"Ja dat ben ik...

Hij kon zien hoe die persoon naderde. Het geluid van zijn laarzen, het kraken van droge takken...

"Je bent laat.

"Ik kwam zo snel als ik kon.

'Breng je papieren in orde, denk ik. Is het niet zo?

"Ja tuurlijk...

"Goedheid. Ik speel mijn huid. Ze is moe?

"Een beetje.

'Des te erger. Er is geen tijd om te rusten. Ga!

De vreemdeling begon snel te lopen. Lisa volgde hem nauwelijks. Ze waren allebei bang.

Hij gebaarde dat Lisa stil moest zijn.

"Er zijn daar verschillende bewakingsaanhangers. We moeten een omweg maken...

"Mee eens.

Twintig minuten later bevond Lisa zich in een ruime kamer, alleen, voor een bed dat een lange nachtrust beloofde.

De man die haar daarheen leidde was weer verdwenen en 's morgens zou ze instructies krijgen van haar liaison.

Lisa liep naar het raam.

Agaesti was een mooie stad, met prachtige huisjes van bijna Turkse architectuur, omgeven door tuinen. Op de sombere groepering van zijn houten huizen viel geen klokkentoren op en de straten waren verlaten.

Lisa strekte zich uit op het bed en probeerde haar nervositeit te bedaren en begon met een lage stem het deuntje van "Lili Marlén" te zingen, een lied dat, gezongen door alle strijders, in honderd verschillende talen van de ene naar de andere kant ging. .

Eindelijk viel ze in slaap.

Bij zonsopgang schudde iemand haar bij de schouders:

"Wakker worden!

De jonge vrouw opende haar ogen en keek naar een lange, robuuste man met puur Walachijse trekken.

"Wie ben je?

"Roustchouck is mijn naam.

Die naam horen. Lisa stond op.

"Ik sta tot uw beschikking.

"Heb je een goede reis gehad?

"Helemaal niet slecht. Bedankt!

"Een ongelukje?

"Niet.

"Prima. Dan gaan we zo snel mogelijk aan de slag.

"Mee eens!

'Heb je de zendapparatuur meegenomen?

Lisa liep naar een koffertje en opende het. Daar was het apparaat. Hij ging er zorgvuldig mee om.

"Werken?

"Ja.

"Ga dan aan het werk...!

Ondertussen bleven beneden in de straat gewonde en verslagen partizanen arriveren.

7

In de stilte van Agaesti werden de gewonden geholpen in de tot ziekenhuizen omgebouwde kazerne. Daar moesten de dorpelingen de pijn bestrijden met zeer arme elementen. Seculiere kruidengeneesmiddelen stonden weer op de voorgrond in die arme hel.

De oude dorpsmedicijnen, de geïmproviseerde verbanden van stof, de verouderde en inefficiënte medicijnen ... Ze vochten allemaal op hun eigen manier met de wapens die ze bij de hand hadden.

Die ochtend werd er een oude verbrandingsmotor gehoord.

Er reed een voertuig over het plein.

Het was een oude boerenwagen.

Lisa keek hem vanuit het raam aan.

Plots ging de deur van zijn kamer open.

Het was Routschouck, de Walachijse.

"Snuffelen?

"Ja. Die vrachtwagen...

"Ze keren terug van de strijd, in Boghasi. Dat voertuig moet ergens zijn gestolen.

'Ik kan aan de manier waarop je spreekt zien dat je ze veracht.

"Zo is het. Ik haat ze.

"Behoort u tot de Nationaal-Socialistische Partij of helpt u ons alleen voor geld?

'Denk je dat ik zo weinig karakter heb? Ik heb mijn ideeën en als geld me aantrekt, ben ik ook geïnteresseerd in de mogelijkheid om een belangrijk iemand te worden door loyaal een zaak te dienen.

'En walgt hij er niet van om zijn kameraden te verraden?

"Absoluut. Spionage is als volgt: een meedogenloze en wrede strijd met de wapens van leugen, hypocrisie ... Ik behoor echt tot de Roemeense nazi-partij, tot die van mijn echte thuisland. Ik ben geen Bulgaar, zoals velen denken. Ik heb studeerde aan de Universiteit van Sofia, hoewel ik een deel van mijn jeugd in mijn land heb doorgebracht.

Ik was een van de eerste volgelingen van Zeleo Vodreanu, een zaak waardoor ik bijna gearresteerd werd. Denk je dat ik niet meer waard ben dan je aanvankelijk dacht ?

"Ja natuurlijk.

De vrachtwagen was midden op het plein gestopt en de inzittenden sprongen op de grond.

Lisa had voor een spiegel gezeten. Hij was zijn haar aan het kammen.

"Routschouck!

"Wat?

Wie zit er in die vrachtwagen?

"Het is de groep, of wat er nog van over is, van mijn grootste vijand.

"Je grootste vijand? Wie is het?

Julian Nosdrev.

Lisa verbleekte. Zijn verbaasde, verontruste, verontruste gezicht werd weerspiegeld in de spiegel.

'Wat is er met hem aan de hand? Ken je hem?

"Ik had niet verwacht dat hij hier zou zijn...

Wat betekent hij voor jou?

"De geheime dienst heeft me gedwongen om met die jongen te 'flirten'. Ik moest informatie van hem krijgen, maar ons plan mislukte. Hij was koppig. Zijn liefde voor mij was minder, veel minder, dan zijn politiek fanatisme.

"Ik begrijp het.

"Ik moet verdwijnen. Ik dacht dat ze hem hadden gearresteerd. Een man was op een missie om hem tegen te houden op de Balkan-sneltrein en hij faalde. Wat een idioot! Nog een glitch om toe te voegen aan de commandant en dat vierkante hoofd van Otto Oberq .. .

'Begrijp ik goed dat je ontsnapt bent aan een val die is uitgezet door de geheime dienst?

"Helaas klopt dat...

Routschouck lachte hardop.

"Diep van binnen bewonder ik dit "varken"... Hij is een duivel!

“En wat gaan we nu doen?

"Als je hem herkent, kan het onze plannen dan schaden?

"Van nature.

“Dus het is een probleem. Het zal op een definitieve manier moeten worden opgelost ...

Wat is een definitieve modus?

'We zullen hem het zwijgen opleggen. Ik heb altijd op dit moment gewacht. Eén schot naar de tempel en alles was geregeld.

"Niet! Niet dat!

Routschouck glimlachte ongelovig.

“Sentimentaliteiten ... Op dit punt?

"Het is niet dat... Maar dood hem...

De Walachijse fronste zijn wenkbrauwen.

"Vertel het me niet! Is hij de eerste man die voor zijn zaak is vermoord? Ze hebben me over je verteld. As-spionage is je veel verschuldigd, maar ten koste van hoeveel levens, mijn beste vriend? Dus het was gemakkelijk voor hem ... is het niet? Enkele rapporten, en naar het graf met degenen die haar hebben gecompromitteerd ... Natuurlijk! Je hebt je mooie handen niet vuil gemaakt ... Er is altijd iemand die het wil doen. Het is oorlog! Het belang van een natie Spionage, contraspionage, herspionage ... en het nooit eindigende verhaal ...

'Je hebt niet het recht om zo tegen me te praten.

“In ons vak kunnen we niet twijfelen.

“Het is verstandig om te twijfelen!

Routschouck fronste zijn wenkbrauwen.

'Weet je wat er met ons gebeurt als de taart wordt ontdekt?

"Ik stel me voor.

"Ik weet dat ik het zal doen. Ik heb het vaak gezien. De kogels zouden een grote eer voor ons zijn. Maar bomen en touwen zijn er in overvloed in dit land. Ze zouden ons binnen enkele minuten ophangen. Dit soort rechtbanken handelen snel.

Kan ik mijn handen wassen zoals Pilatus? Neemt u het op zich om in dit verband op te treden?

"Helemaal.

'Doe dan wat je wilt.

"Maak je geen zorgen. Dag!

Routschuck kwam naar buiten. Nu spookte het beeld van de dood door zijn hoofd. Het verlangen om te doden kookte door zijn hele wezen. Hij had een voorwendsel gevonden om de man die hij haatte te vermoorden.

****

Julian verliet het dorp. Hij had bijna vierentwintig uur geslapen, maar elk bot in zijn lichaam deed vreselijk pijn.

Een wandeling bij zonsondergang zou geen kwaad kunnen.

Ik begin te lopen. Hij had nog een deel van een tabakspil over en hij verknoeide een sigaret... Hij dacht aan de wereld die hij had achtergelaten, op de universiteit, dat geweldige meisje, zijn moeder die zou wegkwijnen van angst in een buitenwijk van Sofia.

Heeft hij op een goede plaats de naam achtergelaten van die vechter van 14 die zijn vader was?

Hij had bij Boghasi gevochten zonder angst voor de vijandelijke golf te tonen. Hij had zijn angst voor afgedankte en verminkte lichamen overwonnen.

Hij had leren vechten!

Hij herinnerde zich zijn training in het afvuren van wapens. Voordat de partijdige bendes werden opgericht, waren er al propaganda-folders tegen de As onder de universiteitsstudenten verspreid. Velen waren verslaafd als een voorspelling voor een pro-nazi-regering. De studenten kwamen, onder het mom van vakantie, aan op de geheime plek, tussen de bergen, waar een Engelsman hen leerde omgaan met allerlei soorten wapens. Het was een plaats in Turkije. Het Britse commando had als organisator Clem Gaëtan gestuurd, een bekende Schotse held die een jaar lang met Finse guerrillastrijders tegen Sovjettroepen had gevochten.

Goeie kerel, die Schot!

Hij neuriede vaak een liedje. Hoe was dat liedje? Was hij het vergeten? Julian glimlachte. Oh nee! Ik herinnerde me haar in detail:

Wij zijn het leger van Fred Karno.

We zijn nutteloos!

We weten niet hoe we moeten vechten, we weten niet hoe we moeten schieten;

Waar zijn we in godsnaam goed voor?

En als we in Berlijn aankomen, zal de Führer zeggen:

Wat een nutteloze mensen!

Och! Och! Mein Gott!

Zij zijn de Berzotas van de Cavalerie ».

Ah! Fred Karno's leger! Fijne Engelse humor!

Plots onderbrak Julian zijn meditaties.

Hij had het geluid van droge takken gehoord.

Het was geïmmobiliseerd.

Hij luisterde aandachtig.

Nu, het geluid van laarzen genageld in het kreupelhout ...

Wie zou het kunnen zijn? Een vijand?

Ik was ongewapend! Wat een idioot was hij geweest! Verlaat het kamp zonder wapens!

Hij versnelde zijn pas. Toen stopte het ineens.

Nieuwe stappen op takken.

Ze volgden hem!

Deze keer was hij bijna bang, echt bang.

Het werd donker.

* * *

Lisa verborg haar gezicht tussen de kussens. Er knaagde iets aan hem en ontketende zijn gemengde gevoelens. Wat gebeurde er eigenlijk met hem? Was het mogelijk dat een vrouw zoals zij, uit ervaring, in de val was gelopen? Was ze echt verliefd op Nosdrev?

Ze keek op haar horloge. Elke minuut die verstreek, bracht haar misschien dichter bij een gewetenswroeging waar ze zich nooit van zou kunnen verlossen.

En zij had de beslissing van Routschouck gesteund!

Misschien bestond Julian Nosdrev toen niet meer.

Ze stelde zich voor dat hij dood was, en de aanblik bracht haar op de rand van wanhopige nervositeit.

Die idioot Routschouck!

Ik moest iets doen! Ik moest hem redden!

Maar... Hoe zit het met de politiek? En de missie die hij moest vervullen? En hoe zat het met de geheime dienst, die al haar vertrouwen in haar had gesteld?

Alles zou verdwijnen zodra ze een vinger bewoog om de man te redden van wie ze hield of dacht te houden...

Hij dacht aan de Bulgaarse SS-commandant. Deze man zou al zijn woede op haar ontketenen. Niemand had hem belachelijk gemaakt. Het was vijftig jaar naleving, vijftig jaar agenten trainen en informatie verzamelen... Nee! Dat kon niet in een paar minuten worden vernietigd, simpelweg door de sentimentaliteit van een vrouwelijke agent ...

En toch beval zijn hart hem om naar zijn geweten te handelen, zonder achterom te kijken, zonder te kijken naar de gevolgen...

Lisa Borgsen stond op en liep naar de deur.

Hij kon niet, hij moest niet denken!

Hij ging weg. Hij liep snel de trap af en de straat op.

Hij liep de hoofdweg af, onder de schuren door. Daar, in het laatste paviljoen, zou hij het opperbevel van de partizanen vinden. Een trotse en onbeschofte Serviër! Ik zou alles bekennen! Ik zou Routschouck aan de kaak stellen!

Plotseling herinnerde hij zich Otto Oberq, de nazi, de "Ornungspolizei" onder bevel van Hitler... De Gestapo zou daarvoor wraak nemen.

Plots stopte de jonge vrouw.

Wat stond hij op het punt te doen? Wat een waanzin!

Hij deed een stap achteruit, keerde op zijn schreden terug en probeerde naar zijn schuilplaats terug te keren.

Plots kwam hij midden op straat een guerrilla tegen.

Glimlachend bekeek hij haar van top tot teen.

"Hallo! Ik ken je! Je gezicht doet me ergens aan denken...

'Laat me met rust! Ik heb haast!

De jonge vrouw baande zich een weg en rende weg.

De guerrilla krabde zich op het hoofd.

"Ik ken haar en ik weet niet van waar... Eens kijken...

8

Julian Nosdrev stopte. Voor hem stond de man die hem had opgezocht. Roustchouck.

De Roemeen wees met een zwarte Luger naar hem. Julian keek naar de zwarte loop van het wapen. Hij was bang. Die nerveuze vinger streelde de trekker.

"Roustchouck! Is het mogelijk dat jij het bent? Ik dacht dat je verslaafd was aan onze zaak...

De Roemeen lachte.

"Ik vecht niet voor verloren zaken!

"Wat zeg je? Wat wil je? Het is absurd dat je me wilt vermoorden!

'Het is logischer dan je denkt, mijn vriend.

Julian deed een paar stappen achteruit.

"Ik snap het niet!

"Bevries daar! Ik wil niet van tevoren moeten schieten ... Ik vind het leuk om met je te praten ... Weet je?

'En wat win je met mijn dood? Verraderlijk varken!

"Ah! Verrader? Dat was het woord dat ik van je verwachtte. Het feit dat ik je verraad is monsterlijk... Is het niet? Heb ik gelijk?

'Inderdaad... Je hebt gelijk. Ik walg van jou! Ik word misselijk als ik naar je kijk, en als je de trekker overhaalt, behoed je me voor het zien van je vuile hypocriete gezicht.

"Ah! Hypocriet! Hier is nog een merkwaardig woord ... Wel, ik wil dat je in woede sterft. Weet je wie er voor de nazi's werkt? Weet je wie je verraadt? Oh! Natuurlijk niet! Je bent ongelukkig en je kunt kan het me niet eens voorstellen...

"Wat bedoel je in godsnaam? Ik begrijp er niets van!

"Lisa Borgsen behoort tot de geheime dienst en ze is hier in Agaesti ...

"Erger! Je liegt!

"Liegen? Dus dat? De waarheid is zo mooi!

Er begon twijfel in Julians brein te borrelen. Niet! Dat kon niet waar zijn! Routschouck loog. Hij wilde hem laten lijden voor de dood en hij had die reeks leugens verzonnen... En toch... Waarom? Waarom heeft het hem gedood?

Julian zag dat zijn vijand enigszins afgeleid was. Het was het moment. Achter hem was een dijk. Hij sprong op de grond en rolde naar beneden.

Het was een kwestie van een paar seconden.

Routschuck schoot.

Het geluid galmde door het bos.

Julian rende wanhopig door de bomen.

Hij was nog ongedeerd!

Zijn vijand ging op jacht om hem te achtervolgen.

Ze renden allebei met alle kracht van hun benen.

Julian stopte met hijgen. Een nieuw schot klonk en het projectiel nestelde zich in de bast van een boom...

Het bos werd dikker en dikker. Routschouck kon de partizaan bijna niet meer zien. Hij liep steeds langs de bomen achter hem.

'Je zult niet ontsnappen, verdomme!

Julian, bedekt met zweet, baande zich een weg door het kreupelhout. Takken en doornige planten deden hem pijn in verschillende delen van zijn lichaam, maar in zijn opwinding merkte hij het nauwelijks. Hij wist dat het volgende schot het doel zou raken en hij was moe, uitgeput en begon een schaduw van zichzelf te worden.

Ik stond op het punt hem in te halen!

Hij putte kracht uit het niets en vervolgde zijn vlucht.

Hij rende blindelings, verwondde zijn hoofd in de lage takken, zonder op te houden om te kijken ...

Het viel en stond weer op.

Op die weelderige plekken kroop hij soms op handen en voeten.

Hij hoorde de laarzen van zijn vijand. Ook hij moest verstrikt raken in de struiken.

Goede God! Het was hem aan het inhalen!

Hij rende weer. Hij was op een moerassige plek gekomen. De stank van het moeras was verschrikkelijk en golven van muggen vielen op zijn gezicht.

Hij plonst in het plassende water.

Zijn vijand naderde.

Elk moment zou hij daar weer verschijnen, achter de dichtstbijzijnde struiken.

Hij ging in een grote plas liggen. De vieze geur van dat water stond op het punt hem te verstikken.

Hij zag Routschouck. Hij zwaaide als een dwaas. De vermoeidheid had haar benen gebogen.

Julian dompelde zijn hoofd onder in het water, nadat hij zoveel mogelijk lucht in zijn longen had gepompt.

De Roemeen vorderde langzaam.

Zijn scherpe, doordringende ogen schoten van de ene kant van het moeras naar de andere.

Hij hoorde een verdacht geluid en naderde de plaats waar zijn vijand, bedekt door het modderige water, perfect gecamoufleerd was.

Plotseling voelde hij zich gegrepen door de voeten en viel plat op zijn gezicht.

Het pistool viel in het water.

Tevergeefs probeerde hij het te pakken.

Plots grepen handen haar keel vast.

De twee mannen rolden in de plas met gewelddadige uitroepen en jammerlijk gekreun.

Julian sloeg hard op de kaak van zijn tegenstander. Hij viel achterover.

Opnieuw deed Julian een uitval naar hem, maar hij voelde een puntige zool tegen zijn buik drukken en hem met een krachtige trap van zich af slaan.

Ze stonden allebei weer op.

Ze waren gek van de pijn!

Nu gingen bijna al zijn slagen in de lucht verloren.

Ze vingen elkaar weer op en rolden over de grond.

Het was een gevecht tot de dood!

Routschouck was sterk en gespierd. Dus Julian moest de wanhoop van zijn zenuwen voor de brute kracht van zijn tegenstander stellen.

Ze sloegen elkaar op de meest barbaarse manier en probeerden met hun nagels in de ogen te komen en met hun voeten in de onderbuik.

Eindelijk leek alles verloren voor Julian.

Zijn vijand had hem tussen zijn knieën opgesloten en zijn benige handen grepen zijn keel uit alle macht.

Julian voelde zijn zicht wazig worden.

Beetje bij beetje verlieten de troepen hem.

Zijn keel brandde en zijn longen stonden op het punt in stukken te barsten.

In een instinctieve poging gleed een van Nosdrevs handen in het water. Zijn vingertoppen gleden druk door de modder.

Het wapen was daar gevallen!

Nog een poging!

Routschoucks vingers bleven haar keel dichtklemmen. Die nagels waren lang en scherp, en de pijn bracht tranen in haar ogen.

Hij beet op zijn tanden. Hij moest weerstand bieden.

Ten slotte botsten zijn vingers tegen een metalen voorwerp.

Het geluk liet hem nog niet in de steek!

Er klonk een schot.

Een gefladder van bange vogels volgde het geluid van het wapen.

Routschouck, met grote ogen, ongelovig, doodsbang, probeerde overeind te komen.

Hij staarde nog steeds naar zijn vijand en deinsde achteruit. Hij wiebelde zonder zijn evenwicht te verliezen...

"Niet niet!

Julian Nosdrev, die nog steeds rode ogen had, zag de donkere massa van de Roemeen heen en weer zwaaien om te vallen.

Toen zijn visuele helderheid terugkreeg, ontdekte hij in de gewonde man de grimas van oneindige angst.

Routschouck legde zijn hand op zijn rechterschouder en toen hij hem terugtrok, zag hij de handpalm badend in het bloed.

Hij dacht dat het een lichte blessure was. Met sluwheid kon hij zichzelf nog redden...

Het was het proberen waard!

"Niet schieten! Ik zal je alles opbiechten.

Nosdrev haalde zijn schouders op.

Routschouck herhaalde dat pleidooi nog een keer, met afschuw in zijn ogen.

"Ik zal je alles vertellen...; maar schiet niet.

De Roemeen was op zijn knieën gevallen en zijn hele lichaam trilde enorm.

"Bekennen? Wat ga je bekennen? Ik weet al te veel!

'Het Lisa Borgsen-ding. Het is een leugen dat hij hier is, in Agaesti; Ik heb het verzonnen om je gemoedsrust te vernietigen ... Het is allemaal nep ...

Ideeën cirkelden in Julians brein.

'En waarom heb je me aangevallen? Waarom wilde je me vermoorden? Wat was je in godsnaam van plan?

"Ik wilde de leiding van de groep wegnemen. Onthouden? ... Ik ben altijd ... jaloers op je geweest. Je hebt een gave voor... mensen, die ik altijd heb gemist. Altijd omringd door ... vrienden ...

Routschouck hoestte heftig. Zijn tanden klapperden. ik had het koud...

'Loyale kameraden...' vervolgde hij. Ik heb nooit geweten hoe ik de betekenis van een oprechte vriendschap kon onderscheiden ... Altijd haten, jaloers zijn op iedereen ...

Julian Nosdrev fronste zijn wenkbrauwen.

"Probeer je wat sentimentaliteit in mij op te wekken? Ik ben pas een paar dagen in deze oorlog, maar ik ben nergens meer door ontroerd. Je hebt me verraden en dat kan ik niet vergeten. Je wilde me vermoorden en mijn woorden zouden het nooit hebben voorkomen. Nu is alles wat je me vertelt nutteloos. Ik ga je vermoorden en je weet het!

"Niet! Niet! Ik zweer je op de meest heilige ... ik zal terechtstaan ... Heb mededogen ... Respecteer mijn leven ...

Julian Nosdrev glimlachte bitter.

"Respecteer je leven? Zou een krijgsraad het je toestaan? Ben je gek! Eén kogel bespaart ons alle moeite en je hoeft jezelf niet op te hangen.

'Breng me naar het kamp... Iemand zal ervoor zorgen dat ik wordt verdedigd.

'Heb je me door iemand laten verdedigen?

Woede verblindde Julian.

Hij was ziek van zoveel hypocrisie.

Nog steeds schrammen van Roustchoucks vingernagels vulden zijn keel met pijn.

Kon niet. Hij mag niet aarzelen!

Hij schoot opnieuw.

Roustchouck slaakte een hartverscheurende kreet en sloeg dubbel...

De kogel had zijn buik geraakt.

Hij legde beide handen op zijn buik.

"Ik ga dood! Het is verschrikkelijk!

Roustchouck had het gevoel alsof een vuur zijn ingewanden verbrandde en hem keer op keer deed kreunen.

Bekeer u als u in God gelooft. Je leven loopt ten einde. Je hebt de straf gekregen die je verdient.

"Varken! Verlos me van deze pijn! Maak je werk af!

"Het is niet mijn werk, maar het jouwe!

Julian vuurde voor de derde keer.

Roustchouck werd achterstevoren op de grond gegooid.

Een projectiel had zijn schedel doorboord.

Julian Nosdrev keek een paar minuten naar het lichaam.

Daar was zijn slachtoffer, dubbelgevouwen, ineengedoken als een ongedierte, in de stinkende modder van die donkere moerassen bevolkt met muggen.

De kraaien zouden niet lang op zich laten wachten. Zodra hij het moeras de rug toekeerde, kwamen de zwarte vogels naar beneden en smullen ervan, zoals op de slagvelden. Verdomde oorlog! Ze waren allemaal blind!

Nu keurde de partizaan zijn actie af. Was hij zo brutaal geworden? Roustchouck was immers een mens.

Julian Nosdrev begon bij dat moeras weg te lopen. Alles leek hem absurd. De man, het leven, de oorlog en vooral de verandering die hij had meegemaakt met een geweer in zijn hand.

Waarom blijven vechten?

Er was Bulgarije, koning Boris, Führer Hitler, maarschalk List en een doolhof van mannen en wapens.

9

'En weet je zeker dat zij het was?

De partizaan haalde zijn schouders op.

"Hoe kan ik daaraan twijfelen? Zo'n gezicht vergeet je niet snel.

Julian Nosdrev ijsbeerde zenuwachtig van de ene kant van de kamer naar de andere. Hij rookte een sigaret en in zijn ogen straalde bezorgdheid.

"Het is in orde.

Julian keek toen naar een meer volwassen uitziende man, met een slap en tevreden gezicht, die ware rust uitstraalde. Het was het hoofd van de Agaesti-partizanen.

'Dus wat Roustchouck zei was waar!

'Laten we niet overhaasten, vriend Nosdrev... We hebben geen bewijs tegen haar. Er kunnen ook andere spionnen in de stad zijn, en we moeten voorzichtig zijn als we ze willen pakken.

"Je hebt gelijk...

"Nou... heb je een idee?

'Niet. Ze is een agente van Sofia... en wacht daarom op Roustchoucks vertrouwen om ze aan de hoofdstad door te geven.

"Inderdaad. Maar... Hoe kun je het bewijzen?

'Je moet een val voor hem zetten. Vang haar op haar eigen spel. Jaag op haar met dezelfde wapens...

"Wat betekent het?

"Ik heb geluisterd. Ik ga op missie... blijkbaar. We zullen verschillende valse documenten maken...

"Met welk doel?

"Het zal geheime informatie zijn die bestemd is voor de Griekse regering en haar verzetstroepen ...

Nosdrev liep naar een kaart die aan de muur was vastgemaakt.

"We zullen een te volgen route uitstippelen. Zelf vertrek ik met een patrouille om naar punt X te gaan, waar een denkbeeldige Griekse schakel op me wacht...

'Ik begrijp het. En wat heeft dat voor zin?

"Het is de basis van het plan.

Julian liep naar het bureau toe.

'Heb je potlood en papier?

"Ja, daar ga je.

Nosdrev begon te schrijven:

"Door de machtige omstandigheden is het voor mij onmogelijk om dicht bij de stad te komen. De missie om Nosdrev uit te schakelen is al volbracht. U hoeft zich geen zorgen te maken. Nu moet ik je een opdracht geven:

«Verzendt zonder tijdverlies het volgende rapport:

Morgenochtend vertrekt een patrouille uit Agaesti. Ze hebben documenten bij zich om te overhandigen aan leden van het Griekse verzet. Ze zijn enorm belangrijk voor ons.

Julian gaf het papier aan zijn superieur.

'Nou... doorzoek de bagage van Roustchouck. U zult ongetwijfeld iets in zijn eigen handschrift vinden. Laat een specialist deze tekst kopiëren en een guerrillastrijder brengt hem naar het huis waar Lisa Borgsen woont. Het is ook handig dat ze toezicht houden. Misschien zal ik proberen te ontsnappen, al denk ik van niet, terwijl ik me inbeeld dat ik dood ben en Roustchouck nog leeft.

Julian Nosdrev voelde een schouderklopje.

"Teleurgesteld... toch?

"Ja.

'Heb je veel van haar gehouden?

"Heel.

"Liefde is niet voor ons gemaakt, geloof me ... We hebben geen tijd om lief te hebben ...

"Het is waar. Er is geen tijd voor wat normale mensen gevoelens noemen...

En welk middel? De oorlog heeft mijn hart vervangen door een stuk steen ... Wat gaan we doen? De wereld is zo en we kunnen het niet veranderen. We haten totdat deze haat een extreme noodzaak wordt ... Als er geen gevoelens meer zijn, des te erger voor onze vijanden ...

Nosdrev knikte.

'Ik vertrek morgenochtend! Kies goede mannen!

'Je zult je patrouille gereed hebben... Maar... Is het ooit bij je opgekomen dat je bij deze poging om bewijs tegen Lisa Borgsen te hebben je huid mag verlaten?'

"Dat is mijn ding. De mannen die mij op dat avontuur zullen volgen, zullen vrijwilligers zijn. Het is het proberen waard!

"Ah! Het wordt ongetwijfeld een extreem prikkelende show voor mannen. Het zal de eerste keer zijn dat een mooie vrouw hier als spion wordt geëxecuteerd ...

"Als we zijn schuld bewijzen...

"Hoe? Twijfel je nog?

"Ja. Ik heb gelijk. Ik was verliefd. Al vergeten?

"Neem sigaretten mee voor onderweg. Je hebt ze nodig om je zenuwen in bedwang te houden...

"Dat zal ik doen. Bedankt!

* * *

De vrachtwagen raasde over de stoffige weg, bezaaid met kuilen en bezaaid met kiezelstenen.

Terwijl het voortschreed, liet dat voertuig het gekletter van zijn metalen platen los, aan alle kanten los, en het gezoem van zijn oude motor...

Op een uiterst rustieke en geïmproviseerde manier hadden de mannen van Nosdrev de boerderijtruck omgebouwd tot een gepantserd voertuig, als je dat zo mocht noemen.

Ze hadden twee grote stalen platen geplaatst die de doos ervan bedekten, op de manier van een dubbel hellend dak. Aan de achterkant was een veldmachinegeweer gestationeerd en er waren mazen in de platen gemaakt om te schieten.

Op deze manier werd dat vreemde apparaat, dat in een periode van experimenteren op een machine leek, over die verlaten en oneffen weg gegooid, op weg naar een denkbeeldige plek.

Het landschap was triest. Aan de ene kant de rivier, op wiens verre oever de steenachtige arm van een kaap zich uitstrekte, ongelijk en ongelijk, en een massa roodachtige rotsen bedekt met zandgrond en hoge heide in het water uitstrekkend.

In de abrupte bocht in de rivier, een paar kilometer lager, schoof een enorme rots naar voren, waar de ruïnes van een oud fort gedomineerd door een toren, nog steeds overeind ...

Aan de andere kant strekte zich een steenachtige vlakte uit, een lichtgroene weide, die reikte tot aan de bergen aan de horizon...

Julian, die naast de chauffeur zat, was peinzend. Hij deed echt zijn best om zijn herinneringen onder de knie te krijgen. Het beeld van Lisa Borgsen achtervolgde hem voortdurend. Hoe te ontsnappen uit die nachtmerrie?

Het was absurd om te proberen het verleden te vergeten, toen het nog vers in het geheugen van de jongeman zat. De herinnering aan zijn 'flirt' keerde terug met al zijn romantische immensheid, met alle affectieve intensiteit, en het achtervolgde hem.

Hij zuchtte diep.

Hij kon nog duidelijk een glimp opvangen van de studentenmiddagen, toen de jonge vrouw hem veelbelovende liefkozingen en woorden gaf, waarin het niet moeilijk te geloven was.

"Kijk daar, baas...

"Wat is het?

'Het kasteel van Marrasis... Heb je er nog nooit van gehoord?

"Nee nooit...

"Nu zijn er alleen nog ruïnes. Tijdens de Onafhankelijkheidsoorlog weerstond een handvol patriotten twee jaar lang de aanval van Osmanlis... Kun je je dat voorstellen? Het was een prachtig fort!

"Vreemde plek!

"Heel goed voor een hinderlaag. Vind je niet?

"Kan zijn!

'Denk je dat ze ons zullen aanvallen?

"Dat is het onbekende dat we moeten ophelderen...

Julian Nosdrev ging terug naar zijn meditaties. Ik wou dat er niets gebeurde. Wat zou ik willen dat ik het mis had!

Als er niets zou gebeuren, als de missie soepel verliep, zou Lisa Borgsen haar leven redden.

De gerechtigheid van de comitatji's zou falen!

De vrachtwagen remde af.

Nosdrev keek naar de chauffeur.

"Wat gebeurt er?

"Die weg is bijna onbegaanbaar. Ik vrees voor de assen...

Julian keek uit het raam.

Niets. Desolate plekken!

Rust overal!

'Je kunt geen ziel zien!

"Weet je het zeker? Kijk daar...

Midden op de weg stond een man met een machinepistool in zijn handen. Hij droeg een bontmuts, een broek van het Bulgaarse leger en halfhoge laarzen.

Er stond een hutje aan de kant van de weg, gemaakt van dekens en riet...

"Hé! Wie zijn dat!

"Wie weet ...

"Het verlaagt de snelheid.

De weg vormde een lang recht stuk. De vreemdeling gaf het voertuig een teken om te stoppen ...

"Wat moeten we doen, baas? Moet ik stoppen? Wekken die jongens geen vertrouwen in mij? Kijk daar...

Er waren nog vijf mannen uit de hut gekomen.

Het was ongeveer vijftig meter om hen te bereiken.

Nosdrev erkende dat ze allemaal kleding van het Bulgaarse leger droegen...

'Niet stoppen! Het kan een val zijn!

"Wat ik doe?

"Versnellen!

De bestuurder trapte het gaspedaal in en het voertuig verhoogde snel zijn snelheid.

Die zeldzame individuen sprongen naar de goot en uitten duizend kreten en vloeken.

Een van hen had geschoten en zijn kogels versplinterden de voorruit. Bewogen door woede had hij zich niet kunnen inhouden.

'Waarom zijn we niet gestopt, baas? Er waren er maar vijf!

"We kunnen het niet riskeren. Het kan een val zijn. Ik hou er niet van om vreemden op mijn rug te dragen.

'Heb je enig idee wie het zouden kunnen zijn?

"Hoe weet je dat? Misschien waren het gewoon deserteurs die zich bij ons wilden voegen...

De vrachtwagen vervolgde zijn weg. In de achterste la zongen de partizanen en maakten grappen over wat er was gebeurd.

Prachtige moraal van die mannen!

De weg werd steeds langer over een uitgestrekte vlakte, een recht stuk dat aan de horizon verdween...

"Blijf kalm, baas...

"Zo is het. Hoe dan ook, de vlakte kan ons altijd een nare verrassing bezorgen ...

"Het is waar. Ik herinner me een keer...

"Hou je mond! Wat is dat?

De chauffeur keek naar de plek die Nosdrev aanwees.

"Het is een vliegtuig!

"Wat?

Er hing een zoem in de lucht.

Er verscheen een tweedekker in de ruimte.

'Machinegeweer ons! "Riep de chauffeur lastiggevallen door een enorme en plotselinge paniek.

'Doe niet zo dom! Zie je niet dat het een verkenningsvliegtuig is?

"Een vliegtuig?

"Tuurlijk. Blijf stevig achter het stuur!

De chauffeur trapte weer op het gaspedaal.

Het vliegtuig verloor hoogte en koerste als een roofvogel op het voertuig af.

"Hé! Waar gaat die piloot heen?

Het toestel ging laag over het voertuig. De bestuurder verloor zijn richting en trapte op de rem.

De vrachtwagen bleef achter met twee wielen in de sloot, gekanteld, terwijl de inzittenden hem achterlieten, bang dat hij zou kantelen.

Het vliegtuig evolueerde alsof het de groep observeerde en toen bewoog het zich aan de horizon.

Ondertussen vervloekten de partizanen de chauffeur voor zijn onhandigheid ...

10

Niet zonder veel moeite kwamen de twaalf partizanen die deel uitmaakten van de patrouille het voertuig op zijn plaats zetten. Zijn tegenslagen eindigden daar echter niet ...

Zodra de vrachtwagen weer op weg ging, riep iemand:

'Hier komen ze!

Julian richtte zijn verrekijker op die plek.

"In godsnaam! Wie zijn dat nu?

De jongeman had een compacte groep ruiters onderscheiden die hen aanvielen...

"Let op! Iedereen klaar! Ze vallen ons aan!

Julian keek naar zijn vijanden. Ik kon hun groenige helmen en uniformen zien ...

'Dat zijn de Hongaren!

'Hongaren, baas?

"Ja. Ik had van ze gehoord ... Hun cavalerieregimenten zijn beroemd geworden ...

"Zullen we nu schieten?

'Niet! Laat ze dichterbij komen!

De vrachtwagen vervolgde zijn route.

Aan de achterkant, achter de stalen platen, maakten de partizanen hun geweren gereed en richtten ze door de pijlsleuven...

Twee van hen maakten het achterste machinegeweer gereed.

Julián haalde een machinepistool tevoorschijn dat hij onder de stoel van de cabine had verstopt en stak het uit het raam.

"Klaar! Scherp je doel!

De renners naderden in volle galop.

Behendig tot de hoogste graad vuurden de soldaten hun wapens af op de auto van hun tegenstanders ...

Julian wachtte nog een paar seconden.

Ze maakten zich klaar om te schieten!

Het was het moment!

"Brand!

De ontploffingen weergalmden in de ruimte.

Bij de eerste volley verloren verschillende paarden hun ruiters ...

Uit de kelen van de partizanen steeg geschreeuw van enthousiasme...

De chauffeur trapte op het gas.

De motor piepte. Het leek te moeten ontploffen.

De aanvallers waren achtergelaten.

Nu joeg de groep Hongaarse soldaten hen zo'n twintig meter verderop achterna.

"Het machinegeweer!

Het geweer begon zijn reeks kogels uit te braken met een duivelse, onophoudelijke ratel.

Deze keer schoten de projectielen soldaten en rijdieren neer.

Dat zaaide verwarring onder de aanvallers.

Ze dwaalden van het mitrailleurvuurbereik af om zich te reorganiseren...

'Ik denk dat we van deze af kunnen komen! riep Julian uit en legde een nieuwe kam op zijn wapen.

De chauffeur zuchtte en schudde zijn hoofd.

"Geloof het niet! Kijk vooruit!

"Wat?

Verschillende ruiters vielen het busje van de vrachtwagen aan.

"Brand!

Julian schoot door de voorruit. Een van de ruiters, recht in de schedel getroffen, viel achterover, zijn laars bleef in de stijgbeugel hangen. Het wilde paard sleepte hem over de wei...

Een kogelregen viel op de cabine van het voertuig.

De chauffeur gilde en stapte van het stuur.

Hij was doorzeefd!

Julián, die zichzelf van een wisse dood had gered door onder het grootste deel van de motor te kruipen, sprong op om de besturing van de truck over te nemen, wat hij herhaaldelijk deed voordat hij weer richting nam.

'Hier komen ze weer! Brand!

Een nieuw salvo vertraagde de opmars van de paarden.

Sommige soldaten, dodelijk neergeschoten, vielen op de grond.

De ruiters hadden zich gerealiseerd hoe moeilijk het was om deze mannen goed beschermd van achteren te benaderen, vooral vanwege het machinegeweer.

Plotseling trapte Julian op de rem, maar desondanks slipte het voertuig met gierende wielen en raakte een rots.

Het hoofd van de partizanen verliet zijn hut en ging op de grond liggen, het machinegeweer in zijn handen.

"Laat niemand uw site verlaten!

Veel van de soldaten stegen af en op bevel van een officier naderden ze, voorovergebogen, verstopt in een aantal onregelmatigheden van het terrein, op korte afstand van de weg.

"Brand!

Een gesloten salvo viel op de stalen platen.

Het antwoord van de comitatji's was onmiddellijk.

Geweermuilkorven die uit de schietgaten staken droegen drie Hongaren vooruit.

Het machinegeweer rammelde weer.

De soldaten moesten haar het zwijgen opleggen!

Een helm gleed over de grond. Julian vuurde herhaaldelijk op hem, tevergeefs.

De soldaat kwam overeind. Nu was het meer dan alleen een helm. Een lichte, gladde menselijke bundel.

"Die! Schiet die neer! Pak een granaat!

De waarschuwing kwam laat. De soldaat rende in een zigzag, en met een uiterste inspanning gooide hij de granaat.

Julian haalde hem in en de kracht van zijn arm nam af met de klauw des doods...

De soldaat viel op zijn gezicht en de granaat explodeerde een stap verwijderd van het voertuig ...

Julian Nosdrev zag wat er ging gebeuren.

Het hek werd strakker!

"Iedereen buiten! Snel!

De mannen begrepen het niet.

"Dat is een bevel! Iedereen neer! De vrachtwagen gaat ontploffen!

Deze keer was de bestelling direct. De comitatji's lieten het voertuig achter en wierpen zichzelf plat op de grond om zichzelf te beschermen.

Een schok verblindde het leven van vier van hen.

De situatie kon niet kritieker zijn.

* * *

Lisa Borgsen stak een sigaret op. Zijn handen trilden. Ze inhaleerde de rook bedachtzaam. Voor zijn kleine zendertje bleef hij een moment roerloos staan. Ik was echt bang en het nieuws was geen wonder:

Oom Anastasius is dood. Kom vliegen.

Dat was het gevaarteken. Er was iets mis of zijn leven was in gevaar...

Hij moest gaan!

Lisa Borgsen liep naar haar koffer toe. Hij opende het, rommelde er een paar seconden in...

"Hier is het! Mijn goede vriend...!

Hij haalde een pistool tevoorschijn en bekeek het aandachtig. Hij pakte het tijdschrift om het te controleren en legde het weer op zijn plaats.

Alles was gepland als die zaak zou komen!

Hij zou vluchten, deze stad verlaten en de missie die hem daar had gebracht.

Nu was alles al nutteloos!

Alleen de poging om zijn leven te redden bleef over. Hij zou midden in de nacht door het bos gaan, proberen de luchtmachtbasis te bereiken...

Kon hij maar een voertuig stelen!

Verdomde partizanen!

Hij stopte het pistool in zijn jaszak en rommelde weer in de koffer. Nu haalde hij een kleine metalen doos tevoorschijn. Toen ik het opende, verschenen de capsules ...

Hij nam er een tussen zijn vingers.

Breekbaar en licht als een karamel.

Het kon in de mond worden gehouden, en pas toen het met de tanden werd doorgesneden, verscheen het gif.

De dood was onmiddellijk.

Ja. Dat waren de instructies die hij van zijn bazen had gekregen. Ze wist veel dingen. Ze was zelfs op de hoogte van details over militaire topgeheimen.

Als ze gepakt werd, kon ze niet twijfelen.

Hij ging naar het raam.

De straat was verlaten en het regende hevig. De draden van het water waren te horen op de tegels en op de ramen ...

Moet weg met die tijd!

Ze trok haar jas aan, knoopte een sjaal over haar hoofd en opende de slaapkamerdeur.

Op de trap was niemand te zien.

Het was het moment.

Hij daalde langzaam, stap voor stap, met alle vijf zintuigen aandachtig af...

De regen nam soms toe en de stralen verlichtten de ruimte ...

Lisa bereikte de onderkant van de trap.

Opeens stopte het!

Er was iemand bij de deur komen staan.

Haar vingers zochten mechanisch naar het verborgen wapen in haar jaszak, en zonder het eruit te halen, streelde ze het, gewoon om zelfvertrouwen te wekken.

Hij ging de straat op en was verbaasd niemand te zien.

Misschien was het allemaal zijn verbeelding geweest!

Hij bewoog zich onder de veranda's.

Verderop waren stemmen en liederen te horen.

Het moet de taverne zijn.

"Hoog! Rustig daar!

Lisa keek naar de plek waar de stem vandaan kwam.

Een partizaan, volledig gekleed, richtte een geweer op haar ...

"Wat gebeurt er?

"Documentatie.

Lisa keek hem even aan voordat ze gehoorzaamde.

"Waarom? Wat gebeurt er?

"Documentatie! Snel!

Lisa doorzocht haar persoonlijke bezittingen.

Hier is mijn paspoort.

"Ah! Vreemdeling?

"Ja.

"Grieks?

"Kan hij niet lezen?

"Alles lijkt in orde te zijn. Woont er nog een vrouw in dit huis?

"Waarom? Wat gebeurt er?

'Ik heb een bevel om Lisa Borgsen te arresteren. Ken je haar?

Lisa schudde haar hoofd.

'Nou... je kunt gaan!

De jonge vrouw hervatte haar mars. Hij was nog niet ver, toen de schildwacht beval:

"Luister! Kom hier terug!

De partizaan had zijn beschrijving vergeleken met de gelaatstrekken van het meisje. Als twee druppels water! Er was geen twijfel mogelijk! De documenten waren vals!

Lisa realiseerde zich dat ze was ontdekt en begon te rennen.

De schildwacht aarzelde een paar seconden voordat hij haar volgde. Toen werd besloten...

"Hoog! Stop of ik schiet!

Lisa negeerde het. Ze konden haar niet pakken!

Hij bleef maar door de straat rennen.

Hij draaide om.

De schildwacht haalde hem in.

Een waterhoos viel op hen beiden en hun voeten gleed uit over de kasseien.

Lisa richtte haar pistool op de partizaan en vuurde bijna puntloos...

De schildwacht rolde op de geplaveide vloer. Hij lag met zijn gezicht naar beneden, onbeweeglijk, terwijl de regen alle woede van zijn vloeibare draden op hem losliet.

"Hoog!

Er klonk een andere stem en een nieuw geluid van laarzen op de natte grond van de straat.

Lisa begon weer te rennen.

Een partizaan richtte zijn geweer op haar.

Het kon niet mislukken.

Iemand liet het pistool op hem zakken.

'Toch! We moeten haar levend vangen!

11

De gevechten hadden een alarmerend aspect gekregen voor de partizanen. De kogels hadden zes van de mannen gedood en de overige zes waren als speelgoed uit een duidelijk verloren gevecht...

Die Hongaren in dienst van de Führer vermenigvuldigden zich met de minuut.

Een granaat blies de vrachtwagen in duizend stukken. De vlammen stegen op, vermengd met zwarte rookpluimen en het geluid van de explosie was enkele kilometers verderop te horen. De benzinetanks waren vol...

"Ze zitten in de val! Geef je over!

Het was een duidelijke waarschuwing van een agent.

Een van de partizanen staarde Nosdrev aan, op zoek naar zijn beslissing ...

"Jij bent de baas. Wat doen we?

'Ik weet niet wat ik moet doen. Ze maken ons toch af.

'Zullen ze ons vermoorden als we ons overgeven?

"Het is logisch dat ze dat doen.

"Echter...

'Kom er niet omheen, jongen. We hebben geen vlag of uniform en dat staat gelijk aan neergeschoten worden als spionnen.

'Wat als we ons niet overgeven?

"We hebben amper de kracht om te schieten!

'Dat is niet alles. De munitie raakt op.

En ze zijn met velen. Ze zullen ons omsingelen en we zullen doodgeschoten sterven ... Er is geen mogelijkheid om te ontsnappen. In ieder geval, als we ons overgeven, kunnen sommigen van hen hun leven redden als ze ze gebruiken als ruilmiddel ...

"Een ruil?

'Dat is. We hebben nazi-gevangenen. Wie weet of het in ons voordeel zal uitpakken?

"We zullen het proberen!

De stem van een officier herhaalde de waarschuwing.

"Geef je over met je handen omhoog! Het is absurd dat ze zich proberen te verzetten. Ze zijn omsingeld!

De Hongaren zagen Julian Nosdrev verschijnen, handen op zijn hoofd, langzaam oprukkend naar zijn vijanden, gevolgd door vier van zijn mannen...

En de zesde liet zich overweldigen door angst en vluchtte, rende als een waanzinnige, zijn geweer achterlatend...

De soldaten schoten.

Hij deed niet meer dan een paar stappen.

Ze hebben het droog gelaten.

* * *

Lisa Borgsen was verloren. Hij vuurde nog een paar keer met zijn pistool, maar zijn kogels gingen de lucht in.

Zijn achtervolgers hadden hem omsingeld.

Iemand bestelde:

'Schiet haar niet neer! Je moet haar levend vangen!

Plots voelde Lisa een vreemde hand om haar pols draaien, waardoor ze het pistool liet vallen.

Zeven partizanen vielen op haar.

"Heks! Je zult niet meer ontsnappen!

Zijn handen waren op zijn rug gebonden.

Een comitatji sloeg haar.

'Je hebt een kameraad vermoord! Verdomme!

Lisa was bang.

Ze hadden in zijn gezicht gespuugd.

Voor het eerst besefte hij wat het betekende. Die woorden van minachting, die vernederingen deden zijn trots snel in het niet vallen.

Nu voelde ze zich niet eens een vrouw, de sterke en fatale vrouw die mannen ter dood dreef en die de spionagediensten van de oorlogvoerende landen betwistte.

In Agaesti was een kelder ingericht als strafkerker. Beneden was de vochtigheid zo intens dat er mos op de stenen van de muren verscheen. Vergrendeld, het enige kleine raam, die stinkende plek was in diepe duisternis gedompeld.

Lisa Borgsen bleef alleen achter. Zijn kleren konden de kou nauwelijks tegen. Zijn cipiers hadden hem zijn jas afgenomen en hadden toen, als symbool van zijn verraad door zich bij de nazi's aan te sluiten, zijn lange haar afgeknipt.

Zo gingen drie uur voorbij.

Toen liet de cipier iemand binnen.

De gestalte van een lange, magere man verscheen in de deuropening. Toen piepte de deur weer toen hij dichtging.

Lisa zag hoe de vreemde persoon haar langzaam naderde...

'Mag ik u een paar minuten spreken?

"Wie ben je?

'Ik zal haar tijdens het proces verdedigen.

"Verdedig me? Gaat iemand me verdedigen?

"Zo is het. Wij comitatji's willen het goed doen. We zijn niet meer in de Eerste Europese Oorlog. Ze gaan haar met alle eer executeren. Oh! Je hebt genoeg aanklachten om je onmiddellijk dood te laten schieten, maar we zullen voor een keer in ons leven scrupuleus zijn ... Anders ... Wat zouden onze vrienden, de Engelsen en de Russen, zeggen?

'Ik begrijp het... En op welke manier ga je me verdedigen?

"Ik weet het nog niet. Ik studeer rechten. Bulgaars recht natuurlijk...

"Van nature.

"Daarom negeer ik de wetten die hier wel en niet gelden... Je moet je gezond verstand volgen.

"Gezond verstand?

"Dat is.

"Dan kun je weinig voor me doen...

"Dat klopt, echt. Je hebt een van onze schildwachten vermoord en gerapporteerd aan onze vijanden. De zaak kon niet lelijker zijn. Hij hoeft alleen maar met Hitler te trouwen!

"Zijn grappen zijn allerminst grappig. Heb je de zender gevonden?

Lisa's stem trilde. Ik was doodsbang bij het idee om op te hangen ...

'Natuurlijk. Ze doorzochten zijn kamer centimeter voor centimeter.

'Dus ik stel voor dat je weggaat en me met rust laat. Hij kan niets voor me doen...

"Ik zal het proberen, ondanks alles. Ik zal iets bedenken.

De vreemde man kwam uit de kerker. Weer werd de jonge vrouw alleen in het donker gelaten. Met haar handen voor haar gezicht gevouwen, snikte ze een hele tijd...

"Ik wil niet dood! Ik wil niet!

Buiten discussieerden de partizanen, verblind door haat, of het beter was om haar bij de nek of bij de voeten op te hangen en in die positie met machinegeweren te schieten.

Echt... Wie zou kunnen weten wat er werkelijk zou gebeuren?

* * *

Otto Oberq ontkurkte een fles "Dukat Erzeugnis" en vulde een glas. Toen observeerde de blonde Duitser zijn vijf gevangenen, die in een hoek stonden, hun handen op de rug gebonden. Allemaal donker! Latijnse facties, Turkse facties, Servische en Joodse kenmerken ... Ah! Varkens!

Inferieure rassen! Alleen hij, een Arische... behoorde tot het superieure ras. Zijn gelaatstrekken waren perfect! Het echte, het echte blanke ras! De anderen waren exemplaren van een gedegenereerd ras!

"Een drankje, vrienden? Ah! Het is een te delicate drank voor je vuile kelen!

De Duitser nipte van de vloeistof. Het werd hem uitdrukkelijk gestuurd door een Beierse koopman ...

"Ja. Het kan waar zijn ... "vervolgde hij": De documenten moeten ongetwijfeld in de vrachtwagen zijn verbrand ... Is dat niet zo?

De Duitser sloeg een van de partizanen in het gezicht. De aquilineneus van de guerrilla begon bloed te stromen en de stroperige vloeistof overstroomde de baard van de gevangene ...

Toen hij dat zag, riep Julian Nosdrev:

"Laat ze! Ik ben het hoofd van de groep!

Otto Oberq keek verbaasd naar degene die had gesproken. Ah! Hij was echt een dappere man...

Hij greep Julian bij zijn shirt tot zijn gezicht rood werd...

'Dus jij bent verantwoordelijk?

"Zo is het.

"Wat is jouw naam?

"Nosdrev! Julian Nosdrev!

"Bij de duivel! Je naam klinkt bekend... Je moet een goed stuk zijn... toch?

"Laat ze maar aan hen over... Laat mijn mannen los en we zullen rustig praten... Ze weten van niets...

"Des te erger! Sergeant!

"Zeg meneer...

Een Hongaarse officier had zijn hand op zijn hielen gestoken. Otto Oberq keek hem even aan...

"« Erfüllen die ornung! Schnell! "

Met een nieuwe klik liep de agent weg.

Seconden later kwamen verschillende soldaten binnen, maakten alle gevangenen los, behalve Julian, en namen ze mee.

Otto staarde Nosdrev aan.

'Nou! Kunnen we nu rustig praten?

'Wat ga je met mijn mannen doen?

"Ah! Maak je geen zorgen... ik zal je vrijlaten!

'Wat heb je die agent in godsnaam opgedragen?

"Hoe? Versta je geen Duits? Ik dacht dat je slimmer was. Alleen al daarom verdien je het al om neergeschoten te worden...

De nazi ging naar de tafel en schonk zichzelf nog een drankje in.

Toen benaderde hij Julian opnieuw.

"Nou, vriend... Wat vertelde je me over de documenten?

“Het was een geheim rapport bestemd voor de Griekse verzetstroepen...

'Je kende de inhoud ervan... Spreek!

Het machinegeweer dat op die momenten te horen was, onderbrak beide gesprekspartners.

Doodsbang weigerde Julian zijn verbeelding te geloven.

"Wat was dat?

Otto Oberq glimlachte:

"Niets! Maak je geen zorgen...

"Niets?

Julian klemde zijn kaken op elkaar. Zijn handen kraakten de touwen die hem gevangen hielden... Hij bezeerde zijn polsen... Hij keek de Duitser woedend aan en zijn ogen stonden vol tranen en bloed.

"Verdomme! Je hebt ze laten doden!

"En wat had je verwacht?

“Hier heb je niets aan gehad.

'Ik heb een bevel om ze uit te voeren. Ze zijn vijanden van de koning en de aslanden. Spionnen, partizanen, bandieten!

"Je vergeet dat ik een deel van hen ben ...

De nazi glimlachte cynisch. Hij keek naar de partizaan.

"Arme ellendeling!

'Niet zoveel als je je voorstelt!

"Wat bedoelt u?

“Die documenten bestaan niet en hebben ook nooit bestaan.

'Je liegt! En ik zal ervoor zorgen dat je bekent... Ken je de badkuip? Niemand weigert te praten nadat hij het geprobeerd heeft.

"Wat zeg jij?

'Ik ga je onderdompelen in een gesloten bad met een reling. Dan zal ik het water geleidelijk opwarmen ... Je laat je tong los!

'Wat ik niet weet, kan ik je niet vertellen. Voor het geval dat, luister nu naar de waarheid... Het was allemaal een val. We hadden bewijs nodig tegen Lisa Borgsen... Als ze het valse rapport doorgaf, kwam haar schuld aan het licht...

"Lisa Borgsen?

Otto Oberq begon het te begrijpen. Deze man loog niet.

'Inderdaad. Ongetwijfeld is ze op dit moment al gearresteerd. Ze zullen haar ondervragen, ze zullen haar drogen... en ze vertrouwen er niet op dat Roustchouck haar het zwijgen oplegt. Die verrader is dood...

De Duitser ijsbeerde zenuwachtig van de ene kant van de kamer naar de andere. Het waren teveel gegevens. Te veel details.

Julian ging verder.

'Uw organisatie zal falen als ze spreekt. Alle details van de nazi-geheime dienst in Bulgarije zullen bekend zijn. Namen en gegevens gaan naar de geallieerde contraspionagedienst...

"We zullen ook geheimen van jou ontfutselen!

"Voor mij? Wees niet naïef. Ik ben op de Balkan om te vechten, niet om spion te spelen ... ik ga je een voorstel doen ...

'Een voorstel? Jij tegen mij?

'Zo is het. Ik stel een ruil voor.

"Welke handel?

"Lisa Borgsen tegen mij.

'En zullen je landgenoten het accepteren?

"Er gaat niets verloren door het te proberen.

Otto Oberq verliet, zeer geïrriteerd, zijn stem trillend van woede, de kamer.

Julian Nosdrev speelde de laatste kaart om zijn leven te redden.

Zouden hun metgezellen het accepteren?

Die uitwisseling zou ongetwijfeld binnen een periode van vierentwintig uur plaatsvinden ...

Het bleef alleen wachten...

12

De uitwisseling vond plaats twaalf uur nadat Nosdrev was ondervraagd. Zodra Otto Oberq nieuws had over wat er in Agaesti was gebeurd, haastte hij zich om de voorwaarden voor verandering met de partijdige leiders te specificeren.

De ontmoeting moest plaatsvinden in wat logischerwijs niemandsland genoemd zou kunnen worden...

Het was een plek op de Balkan, een plateau dat werd bereikt door een smalle kloof, een plek die anders ideaal zou zijn geweest voor een hinderlaag.

En deze plaats had geschiedenis. Een eeuw eerder, tijdens de Onafhankelijkheidsoorlog, hadden de Russen de Turken in een hinderlaag gelokt, die hun overwinning in die sector hadden bepaald.

Het was de afgesproken tijd.

Er arriveerde een auto, een pantserwagen voor bergachtig terrein, vol svastika's en bezet door een Duitse patrouille...

Julian Nosdrev werd uit het voertuig gehaald.

Otto Oberq zat zenuwachtig een sigaret te roken.

'Nou, Nosdrev... zijn je vrienden nog niet gearriveerd?

"Als ze je je woord hebben gegeven, zullen ze komen, vergis je niet...

De Duitser keek om zich heen.

Op deze spoelvormige vlakte flankeerden hoge bergen steenachtige grond vol doornige grassen en zandstruiken.

"Een sigaret?

"Waarom niet?

Julians handen waren vastgebonden met metalen handboeien. Daarom plaatste de nazi een sigaret tussen zijn lippen en stak die op.

De partizaan keek hem aan.

'Waarom is hij zo aardig tegen me?

"Wat kan ik anders doen? Hem schoppen geeft me niet meer het minste plezier.

"Laat me eraan twijfelen, mijn vijand 'herr' ...

De nazi glimlachte.

"Vertel me ... Waarom pleeg je zelfmoord terwijl je tegen ons vecht? Wat gebeurt er? Hebben we hem persoonlijk iets aangedaan? Je wilt me niet laten geloven dat je slechts een idealist bent ...

'En wat zou er vreemd aan zijn?

"Ik weet het niet. Je bent aardig voor me, een aardige vijand, als dat bestaat. Begrijp je? Ik denk dat je hier bent om jezelf te verrijken ten koste van oorlog ... Hoeveel buit heb je al verzameld?

Ook al mis ik je en stel ik je teleur, ik ben hier om de nazi's te verslaan ... Wat je zei ...

Puur idealisme!

"Bestaat dat echt?

"Bestaat.

En zijn er zulke naïeve mensen? Aan het einde van de oorlog ... wie zal je herinneren en hoeveel je deed? Je eigen kinderen zullen het vergeten, zelfs als je het duizend keer vertelt... Verhalen van idealisten! Het is het meest absurde dat ik ooit heb gehoord, en ik ga je wat advies geven. Doe zoals ik en zoals Lisa Borgsen. Als de oorlog voorbij is, zullen we rijk zijn. Niet voor niets hebben we geruild met de waanzin van mensen. Goede buit! Dat is vechten voor iets positiefs... Begrijp je?

"Ja...

"En lekker?

"Ik heb medelijden met jou.

Het gesprek werd onderbroken. Er was net een jeep gearriveerd. Op de motor stonden initialen: "FLB", oftewel de Bulgaarse Bevrijdingsmacht, een kleine groep idealisten die de geschiedenis in zou gaan als een anonieme groepering van de Roemeense en Servische guerrillagroepen.

Verschillende partizanen stapten uit de auto, hun geweren klaar voor elke verrassing.

Lisa Borgsen was erbij.

Ik was bleek, uitgemergeld...

De twee groepen bevonden zich op een afstand van ongeveer honderd meter.

Er was geen ruimte voor bedrog of bedrog.

Een van de partizanen bracht een megafoon naar zijn mond en riep:

"Let op! Nazi's! Kun je me horen?

Zeg wat!

'Oké... We zullen allebei de gevangenen tegelijkertijd vrijlaten, en ze zullen oprukken naar hun respectievelijke kampen... Oké?'

"Heel goed! antwoordde Otto Oberq. Ga je gang!

Een aan elke kant, Julian Nosdrev en Lisa Borgsen begonnen in de tegenovergestelde richting.

Beide groepen bekeken elkaar met argwaan.

Toen de twee jonge mannen dicht bij elkaar waren en elkaar kruisten, stopten ze. Ze moesten een paar woorden wisselen...

"Lisa!

"Julian!

"Omdat je dat deed? Waarom heb je me bedrogen?

"Luister niet naar me. Was gek...

"En je hebt me verraden...

'Je weet niet hoeveel ik er daarna spijt van heb gehad. In een kerker, in Agaesti, heb ik tijd gehad om te mediteren ... Ik ben geleid door het materialisme, ik raakte verstrikt in de netwerken van spionage en nu zie ik dat het enige dat ik heb bereikt, is mijn geluk vernietigen.

'En alles wat je me beloofd hebt in mijn studententijd? De liefde die je me hebt gezworen? Onze projecten, onze hoop ... Was het allemaal vals?

"Niet alles... ik ging mijn eigen leugen geloven...

"Ik hield van je...

"En ik denk ook...

'We zullen elkaar weer ontmoeten... toch?

'Wie weet. Deze oorlog zal lang duren... Wat heeft het voor zin als we elkaar weer ontmoeten?

"Ja. Je hebt gelijk... we kunnen het verleden nooit uitwissen...

"Vaarwel...

"Lucky!

De gevangenen liepen door.

Er was al een kleine weg aan beide kanten.

De missie was voorbij. Lisa Borgsen wisselde een paar woorden met Otto Oberq en stapte in het voertuig ...

Julian Nosdrev zuchtte toen hij zich weer tussen zijn kameraden bevond...

'Ben je gemarteld, baas?

"Ze hebben het niet kunnen doen.

'Ik ben blij... Ze zullen hun deel krijgen.

"Wat bedoelt u?

De partizaan glimlachte.

"Zie je ... Daar tussen die rotsen is er een van ons met een ontsteker ... Er is opzettelijk een sterke explosieve lading op de weg geplaatst ...

Julian Nosdrev, verrast door dit nieuws, riep uit:

"Arme Lisanne!

Het nazi-voertuig draaide en versnelde, de mars. De ritsen gleed weg en schopte het stof van het kronkelende pad omhoog.

Een van de partizanen keek op zijn horloge.

"Bijna daar! Je bent snel op de juiste plek!

Plots klonk de explosie.

Alleen stukjes schroot en verwrongen ijzer bleven onder de zwarte rookpluim.

Nosdrev staarde naar de plek en dacht dat de oorlog, die oorlog die de wereld moest verwoesten, van Europa tot Azië, nog maar net was begonnen.

Toen, als in een gebed, mompelde hij:

"Moge God haar vergeven hebben!

De "jeep" van de partizanen vertrok totdat hij verdwaald was langs de smalle en kronkelige weg van de Balkan, het nest en hol van de eeuwige en legendarische comitatji's.

EINDE